하북팽가
검술천재

KB123601

하북팽가 검술천재 21

2023년 11월 23일 초판 1쇄 인쇄
2023년 11월 28일 초판 1쇄 발행

지은이 이도훈
발행인 강준규

기획 이기헌 왕소현 임동관 박경무 강민구 조익현
책임편집 주현진
마케팅지원 이원선

발행처 (주)로크미디어
출판등록 2003년 3월 24일
주소 서울시 마포구 마포대로 45 일진빌딩 6층
Tel (02)3273-5135 Fax (02)3273-5134
홈페이지 rokmedia.com E-mail rokmedia@empas.com

ⓒ 이도훈, 2022

값 9,000원

ISBN 979-11-408-1151-9 (21권)
ISBN 979-11-354-7650-1 04810 (세트)

이 책의 모든 내용에 대한 편집권은 저자와의 계약에 의해
(주)로크미디어에 있으므로 무단 복제, 수정, 배포 행위를 금합니다.

작가와의 협의에 의해 인지는 생략합니다.
잘못된 책은 구입처에서 바꾸어 드립니다.

이도훈 신무협 장편소설

하북팽가
검술천재

21

차
례

천재와 노력파

설화가 손뼉을 치며 물었다.

"대체 어디서 이 토끼를 잡은 거야? 우리는 아무리 찾아도 못 찾았는데, 대단하다!"

"그, 그게……."

"너도 비밀이야? 배우는 게 진짜 빠르구나."

설화가 눈을 가늘게 뜨자, 소군은 쥐구멍이라도 찾고 싶었다.

소군이 기어들어 가는 소리로 말했다.

"처음에는 가슴이 확 트이는 것 같아서 막 뛰어다녔어요. 그런데 갑자기 배가 고파지는 거예요."

"뛰어다니면 배가 고파질 수도 있는 거지. 그게 이상한 것도 아니고 왜 숨겨?"

"갑자기 토끼구이가 생각이 났어요. 그래서 가장 먹음직스러운 놈을 잡으려다 보니 이 토끼를 잡았어요."

"풋."

설화가 웃음을 뿜었다.

가장 먹음직스러운 토끼에 글자를 써 놓은 것이 누군가의 안배인지 우연인지는 몰라도, 상황이 웃지 않을 수 없었다.

"설화 언니……. 이건 비밀로 해 주실래요?"

"그래, 네가 원한다면 그렇게 할게. 그런데 왜 그렇게 오래 걸린 거야?"

"진법에 빠졌어요. 그러니까……."

소군은 자신이 겪었던 일에 대해서 솔직하게 털어놓았다.

"진법이라?"

설화는 눈을 가늘게 뜨고 주변을 바라봤다.

진법에 대해서는 이곳에 들어오며 한빈에게 설명을 들었었다.

중원에서 가장 강력한 진법이 서원 담장의 안팎을 보호하고 있다고 들었었다.

물론 진법뿐이 아니라 기관 장치가 서원을 보호하고 있다고 했다.

덕분에 외부인이 침입한다든가 유생들이 개구멍으로 밖으로 나가는 것은 불가능하다고 들었다.

소군이 말한 진법 정도라면 시험을 위한 방법치고는 과하다.

담장을 중심으로 펼쳐져 있는 진법과 기관 장치는 이보다 더 강력할 것이 분명했다.

유생들의 출입을 막고 좀도둑을 막기에는 조금 과한 느낌이었다.

왠지 이 서원에는 조금 더 큰 비밀이 있을 것 같은 느낌이었다.

의문도 잠시, 설화는 소군의 어깨를 다독이며 말했다.

"이제 돌아가자, 소군아."

잠시 후.

소군이 잡아 온 토끼를 확인한 한빈은 미소를 지었다.

글자와 증표를 모두 확인한 설화가 토끼를 가리켰다.

"이제 풀어 줘도 되죠?"

"그래, 다 풀어 주거라."

"네, 공자님."

설화가 토끼를 풀어 주려 할 때였다.

한빈은 토끼를 향해 은침 하나를 쏘아 냈다.

휙.

순간 토끼에게 은침이 박혔다.

토끼는 은침이 박혔는지도 모르고 재빨리 수풀 속으로 뛰어갔다.

알 수 없는 한빈의 행동에 설화가 고개를 갸웃했다.

"왜 은침을……?"

"내 거라는 표시는 해 놓는 거다."

"공자님 거라는 표시를요?"

"우리가 잡았으니 표시를 해 놔야지."

말을 마친 한빈은 아무렇지 않게 걸어갔다.

천천히 진법을 벗어나던 한빈은 토끼가 보이는 즉시 은침을 날렸다.

백발백중의 효용 덕분에 은침은 한 치의 오차도 없이 토끼에게 박혔다.

자신의 것을 표시하겠다는 한빈의 말은 사실 거짓이었다.

한빈이 토끼에게 은침을 날린 이유는 본능이었다.

심화편으로 변화한 후 '지(智)'의 구결을 얻었다.

덕분에 조금이나마 지혜의 단계가 높아졌다.

이 지혜는 단순하게 문제를 풀이하는 것에만 유용한 것이 아니었다.

지혜는 본능을 더욱 강화해 주었다.

그 본능이 지금 저 토끼에 은침을 심으라고 외치고 있었다.

한빈은 다시 은침을 날렸다.

계속해서 은침을 날리다 보니 들고 있던 모든 은침을 썼다.

한빈은 그제야 손을 멈췄다.

한빈 일행이 진법을 거의 빠져나갔을 즈음이었다.

그들의 머리 위로 비둘기 대여섯 마리가 날아갔다.

순간 설화의 손이 위쪽을 향했다.

설화의 손에서 나온 은침이 공중으로 날아올랐다.

슝.

동시에 날아가던 비둘기 중 하나가 떨어졌다.

허공으로 뛰어올라 떨어지는 비둘기를 잡은 설화가 어색하게 웃으며 한빈을 바라봤다.

"아무래도 전서구 같아서요."

"그게 뭐가 문제지?"

한빈은 고개를 갸웃했다.

유림 서원에서 전서구가 날아다니는 것은 당연했다.

이곳은 북경 혹은 주요 성들과 긴밀하게 연락을 주고받는 곳이었다.

급한 서신이 있으면 인편보다는 전서구를 사용하는 것은 평범한 일이었다.

한빈의 눈빛을 아는지 설화가 말을 이었다.

"뭔가 중요한 서신이 담겨 있는 것 같아서요. 이건 순전히

제 느낌이에요, 헤헤."

설화는 해맑게 웃었다.

그 모습에 한빈도 마주 웃었다.

"느낌이라……. 그거 중요하지. 잘했다."

한빈이 칭찬하자 설화가 비둘기를 확인했다.

설화의 예상대로 그곳에는 전서 통이 달려 있었다.

설화는 조심스럽게 쪽지의 내용을 확인했다.

내용을 확인한 설화가 고개를 갸웃하며 한빈을 바라봤다.

"이거 내용이 이상한데요?"

"무슨 내용이지?"

"유림 서원에 세상에 둘도 없는 천재가 나타났대요. 기대하라는 내용이네요. 누굴까요?"

"그러게 말이다."

한빈이 고개를 갸웃하자, 소군과 청화도 똑같이 따라 했다.

지혜의 단계가 낮아서일까?

지(智)의 구결을 활성화한 한빈조차 그 천재가 누구를 가리키는지 가늠이 되지 않았다.

그날 밤.

침상에 누워 잠을 청하던 양석봉은 번뜩 눈을 떴다.

코끝에 차가운 바람이 느껴졌기 때문이다.

고개를 돌려 보니 창문이 열려 있었다.

"아, 문이 왜 갑자기 열린 거지? 내일 손 좀 보라고 해야 하겠군."

혼잣말을 뱉은 양석봉은 조용히 창문을 닫았다.

창문을 닫고 다시 침상으로 돌아가려던 양석봉은 뒤통수에서 느껴지는 한기에 미간을 좁혔다.

"문이 자꾸 왜……."

그는 말을 잇지 못했다.

창문은 열려 있지 않았다. 대신 그곳에는 낯익은 얼굴이 생긋 웃고 있었다.

말이 웃고 있는 거지, 양석봉에게는 강도가 행인을 보고 미소 짓는 것과 같았다.

저 미소를 볼 때마다 안 좋은 일이 일어났다.

물론 그 미소의 주인은 바로 한빈이었다.

양석봉은 상대의 천진난만한 미소 속에 얼마나 많은 간계가 숨어 있는지를 알고 있었다.

양석봉의 표정에는 아랑곳하지 않고 한빈은 조용히 탁자를 가리켰다.

그 모습에 양석봉이 떨리는 목소리로 물었다.

"왜, 왜 그러시오? 팽 유생."

"잠시 사업 얘기 좀 합시다, 양 유생님."

"사, 사업 얘기라니, 그게 무슨 말입니까?"

"아까 식당에서 얘기했었는데 벌써 잊어 먹었나요?"

"혹시……."

말끝을 흐린 양석봉은 재빨리 자신의 이마를 막았다.

그 모습에 한빈이 어이가 없다는 듯 말했다.

"지금 내가 양 유생의 이마를 노린다고 생각하십니까?"

"아니면 왜 야심한 밤에 이곳에 왔겠소? 혹시 취향 이……."

"휴."

한숨을 내쉰 한빈은 재빨리 상대를 점혈했다.

마혈과 아혈이 막힌 양석봉은 다시 눈만 끔뻑일 뿐이었다.

그 상태에서 한빈은 다시 물었다.

"이렇게 대화를 하고 싶습니까? 양 유생."

"……."

"아닌가 보군요. 그럼 일단 풀어 드리죠."

한빈이 손을 놀리자 양석봉의 입에서 한숨이 흘러나왔다.

"휴……. 감사하오, 팽 유생."

"별말씀을요."

한빈이 손을 저었다.

한빈이 양석봉에게 냉정하게 대하는 이유는 간단했다.

며칠 동안 지켜본 결과, 유생들은 정파보다도 사파에 가깝다는 것이 한빈의 결론이었다.

힘이나 권력이 없다면 약속도 종잇장 뒤집듯 바꿀 수 있는 것이 그들이었다.

한빈이 탁자에 앉자, 양석봉은 호롱불을 켰다.

방이 환해지자 한빈은 쪽지 한 장을 올려놨다.

탁.

양석봉은 그 쪽지를 받았다.

쪽지에는 단 한 글자만 쓰여 있었다.

습(習).

순간 양석봉은 고개를 갸웃하며 물었다.

"대체 이게 무엇이오?"

"장유중 학장님이 낸 문제 기억납니까? 그 문제의 정답에 이르는 단서입니다."

"헉, 대체 이건 어디에서 구했소이까?"

"그건 비밀입니다."

"이걸 믿을 수 있겠습니까?"

"그 글자가 정답과 상관없다면 계약서를 무효로 해 주지요."

"그, 그게 진심이오?"

"내 얼굴을 잘 보십시오. 거짓말할 사람으로 보입니까?"

"허, 근데 이걸 내게 왜 보여 주는 겁니까?"

"이걸 비싼 값에 팔아 주시죠."

"누구한테 말이오?"

"최유지 유생에게 말입니다."

"그게 무슨 말이오?"

양석봉은 눈을 크게 떴다.

한빈은 그에게 말도 안 되는 일을 시키고 있었다.

현재 거액이 걸린 내기가 진행 중이었다. 그런데 상대에게 정답을 알려 주라니?

그건 말도 되지 않는 부탁이었다.

하지만 양석봉은 한빈의 다음 말에 눈을 크게 떴다.

"막대한 돈이 걸린 만큼 헐값에 팔면 안 되겠지요."

"음."

양석봉은 침음을 흘렸다.

그는 이 상황이 이해가 되지 않았다.

일반적인 유생이라면 장유중 학장에게 인정받는 것과 돈을 버는 것 중에 과연 어떤 것을 택할까?

백이면 백, 유생들은 장유중에게 인정받는 것을 택할 터였다.

유림 서원에서 인정받게 되면 고위 관직으로 올라가는 길이 예정된 것과 다름없었다.

고위 관직이 예정되어 있다는 것은 바로 창고에 금은보화가 쌓인다는 것을 의미하기도 했다.

그런데 이런 기회를 차 버린다고?

양석봉은 이 단서가 가짜라고 생각했다.

문제는 한빈과 맺은 계약서였다.

계약서에 의하면 자신은 한빈의 지시에 따라야 했다.

할 말을 마친 한빈은 자리에서 일어났다.

"그럼 편안히 주무시오."

"덕분에 잠 다 깼는데……."

양석봉이 억울하다는 듯 바라보자 한빈은 손을 뻗었다.

동시에 양석봉은 고개를 떨궜다.

수혈이 찍힌 양석봉은 그야말로 세상모르고 잠이 들었다.

그때 창문으로 달빛에 비친 그림자 하나가 지나갔다.

그 그림자는 양석봉의 처소 앞에 잠시 머물다가 금세 사라졌다.

일주일 후.

장유중의 강론 시간.

장유중은 수염을 쓸어내리며 강단에 섰다.

그는 유생들을 바라보며 잠시 헛기침했다.

아무렇지 않게 유생들을 훑고 지나간 것 같지만, 그는 머릿속에 한 명을 떠올리고 있었다.

그 유생은 바로 한빈이었다.

장유중은 한빈이 정답에 어느 정도 도달했다고 확신하고 있었다.

장유중은 한빈이 해답을 찾았다고는 꿈에도 몰랐다.

그저 단서를 잡았다고 생각하고만 있었다.

그가 고민하는 것은 간단했다.

어떤 칭찬을 해 줘야 할까를 고민하고 있던 것이다.

너무 큰 칭찬을 해 주면 기고만장해져 학업을 소홀히 할 수도 있는 일이었다.

그렇다고 단서를 잡은 것을 모른 척한다면 동기부여에 문제가 있었다.

잠시 고민하던 장유중은 고개를 돌렸다.

이번에 장유중이 바라본 곳에는 양석봉이 있었다.

장유중은 사실 한빈만큼이나 양석봉을 높이 평가하고 있었다.

그가 양석봉을 높이 평가하는 이유는 딱 한 가지였다.

그것은 그가 유림 서원에 들어오고 나서 보여 준 노력이었다.

장유중은 새로운 유생들이 들어오고 나서 밤에도 그들을 살폈다.

그러던 중 놀라운 광경을 목격하고 말았다.

밤새도록 호롱불이 꺼지지 않는 유생의 방을 발견한 것이다.

처음에는 우연인 줄 알았지만, 그다음 날에도 그 유생의 방은 환하게 불이 밝혀져 있었다.

나중에 알아보니 그 방의 주인은 바로 안휘 양가 출신의 양석봉이었다.

장유중은 눈을 빛냈다.

천재와 노력파 중 과연 누가 더 뛰어난 실력을 보여 줄까.

장유중은 기분 좋게 입꼬리를 올렸다.

오랜만에 찾아온 기쁨이었다.

장유중은 조용히 모두에게 물었다.

"내가 낸 해답에 대해 단서를 찾은 자가 있더냐? 손을 들어 보아라."

순간 장유중의 눈이 커졌다.

딱 둘만 빼고는 모두가 손을 들었기 때문이다.

장유중은 표정을 수습하기 위해 일단 물을 들이켰다.

잠시 숨을 고른 장유중은 유생들을 하나씩 살폈다.

지금 장유중은 살짝 혼란스러웠다.

정답 근처에라도 간 사람은 딱 한 명밖에 없다고 생각했다.

그 유생은 바로 하북팽가에서 온 팽한빈이었다.

그런데 정작 그 유생은 손을 들지 않고 있었다.

그뿐이 아니었다.

밤새도록 호롱불을 밝혔던 유생까지 묵묵히 앉아 있었다.

그 나머지를 제외한 모두가 자신 있게 손을 드는 모습은, 천재 학사라 칭송받던 그로서도 이해가 되지 않는 일이었다.

장유중은 일단 진실을 파악해 보기로 했다.

"자네가 한번 말해 보게."

그가 가리킨 유생은 다름 아닌 최유지였다.

최유지는 자리에서 일어나며 미소를 지었다.

"제가 찾은 정답에 대한 단서는 '습(習)'입니다."

"오호, 그럼 그다음 단서도 찾았느냐?"

"다음에 찾은 것은 '학(學)'이라는 글자였습니다."

"대단하구나."

"아닙니다. 다른 유생들의 도움이 없었다면 불가능한 일이었습니다."

"흠, 그럼 너 혼자 찾은 것이 아니더냐?"

"혼자 정답을 찾은 것은 아닙니다. 저는 혼자 정답을 찾는 것은 불가능하다고 생각했습니다. 이 넓은 유림 서원에서 정답에 대한 단서를 찾는다는 것은 넓디넓은 모래사장에서 바늘을 찾는 것과 똑같다고 생각했습니다. 그래서 저는 유생들의 힘을 모았습니다."

"오호, 내가 문제를 낸 의도를 정확하게 파악하고 있구나. 그래서 나머지 단서도 찾았느냐?"

"네, 찾았습니다."

"다른 유생들도 너와 뜻을 같이했다고 하니 내 편히 물어 보마. 나머지 글귀는 어떻게 되더냐?"

"모든 글자를 조합해 보면 '학이시습지(學而時習之)면 불역열호(不亦說乎)'라는 글자가 나옵니다."

"그럼 해석도 마저 해 보는 게 좋겠군."

"학이편에 나오는 문구로, '배우고 때에 막게 익히니 이 어찌 즐겁지 아니한가'라는 공자님의 말씀입니다."

"그래, 정답이다."

"감사합니다."

최유지가 살짝 고개를 숙이자 주변이 웅성거리기 시작했다.

최유지와 같은 배를 탄 유생들의 탄성이었다.

"와."

"장유중 학장님의 시험을 통과한 유생은 없다던데……."

그들의 탄성을 뒤로한 채 장유중이 말을 이었다.

"내가 왜 이 문제를 냈다고 생각하느냐?"

"그것은 저희의 마음가짐을 일깨워 주기 위함이라고 생각합니다."

최유지가 작게 고개를 숙이자 장유중이 말을 이었다.

"기특하구나. 그럼 풀이 과정을 말해 보아라."

"푸, 풀이 과정이라니 그게 무슨 말씀입니까?"

"문제를 풀었으면 단서를 어떻게 찾았으며, 그 단서를 어떻게 조합했는지를 밝혀야 하지 않느냐?"

"……."

최유지는 갑자기 꿀 먹은 벙어리가 되었다.

그는 단서를 찾은 것이 아니라 돈을 주고 샀다.

이 때문에 그 단서가 어디에서 나왔는지는 알 수 없었다.

최유지는 고개를 돌려 양석봉을 바라봤다.

그러고는 다급하게 눈짓했다.

물론 양석봉도 그 단서가 어디에서 왔는지에 대해서는 알 수 없었다.

순간 최유지의 머리가 치열하게 돌아갔다.

"그 단서를 어디에서 찾았는지는 여기서 말씀드릴 수 없습니다."

"이유를 물어봐도 되겠느냐?"

"그 단서는 모두가 같이 찾은 것이기 때문입니다. 다른 유생들과 상의한 후 말씀드리겠습니다."

"흠."

장유중은 턱수염을 쓸어내리며 최유지를 바라봤다.

그 눈빛이 얼마나 강렬한지, 최유지는 자신도 모르게 시선을 피했다.

장유중은 강의실 내부를 쓱 둘러보며 다시 말을 이었다.

"문제의 단서를 같이 모은 유생들은 모두 손을 들어 보아라. 풀이 과정이 옳다면 내 모두에게 최고 점수를 줄 것이다."

순간 최유지에게 동조했던 유생들은 모두 손을 들었다.

정확히 두 명의 유생을 제외하고 모두가 손을 들었다.

그 모습을 본 장유중이 고개를 끄덕였다.

"나는 잠시 나가 있을 테니 그동안 상의하도록 해라."

"네, 감사합니다."

최유지가 작게 고개를 숙이자 장유중이 말을 이었다.

"하지만 이것만은 알아 두거라."

"……."

"만약에 네가 풀이 과정을 밝히지 못하면 부정행위로 간주하겠다. 지금 손을 들었던 유생들도 모두 포함해서 말이다."

말을 마친 장유중은 자리에서 나갔다.

순간 강의실은 아수라장으로 변했다.

모두가 최유지를 둘러싸기 시작했다.

그 아수라장 속에서 편한 표정을 한 양석봉은 가슴을 쓸어내렸다.

사실 손을 들까 말까를 고민했다.

하지만 한빈과 계약 관계에 있던 그는 차마 손을 들 수 없었다.

양석봉은 조용히 아수라장의 중심에 있는 최유지를 바라봤다.

정답에 대한 단서를 어떻게 모았는지를 설명하라고?

이건 최유지가 알 수 없었다.

정답을 판 자신도 알 수 없으니 말이다.

그때 주변에 몰려든 유생을 물리치고 최유지가 양석봉 쪽으로 걸어왔다.

콧김을 내뿜으면서 걸어온 최유지는 양석봉의 앞에 멈췄다.

"말해 보게."

"무엇을 말인가?"

양석봉이 고개를 갸웃하자, 최유지가 재빨리 말을 이었다.

"단서를 어디서 찾았는지 말해 보게. 자네가 내게 정답을 팔지 않았나?"

최유지의 한마디는 제법 큰 파장을 몰고 왔다.

주변이 웅성대며 모두 최유지와 양석봉을 둘러쌌다.

그 시선에도 아랑곳하지 않고 양석봉은 심드렁하게 답했다.

"허허, 그걸 내가 어떻게 알겠나?"

"분명히 정답이 아니면 돈을 물어주기로 하지 않았나?"

최유지의 말에, 뒤쪽에서 목소리가 들려왔다.

"그건 정답이 아닐 때의 이야기지."

그 목소리에 모두가 고개를 돌렸다.

그곳에는 한빈이 활짝 웃고 있었다.

최유지는 갑자기 끼어든 한빈을 보고는 고개를 갸웃했다.

"자네가 왜 끼어드는가?"

"단서를 찾은 자가 바로 나라네."

"허허, 자네가 단서를 찾았다고? 나와 내기를 하고 있는 자네가 단서를 내게 줬다고?"

"맞네."

"그럼 이 참사는 자네가 책임져야 하겠군."

"내가 책임지지."

"그럼 어디에서 단서를 얻었는지 말해 보게."

"맨입으로 되겠나? 내가 그걸 이야기해 주면 자네가 이 승부에서 이길 것이 아닌가. 그런데 나보고 얘기하라고? 그리고 정답이 아니라면 열 배를 물어주기로 했지만, 정답이라면 양 유생과 자네의 거래는 정당한 것일세."

"……."

최유지는 말없이 한빈을 바라봤다.

기분이 나쁘지만 한빈의 말에는 허점이 없었다.

한빈이 말한 대로 자신은 정답을 맞혔다.

정답은 맞혔지만, 풀이 과정을 밝히지 못한 관계로 덤터기를 쓸 위기에 놓인 것이다.

그때 한빈이 말을 이었다.

"내가 여기에 공부하기 위해 온 유생처럼 보이나?"

"……."

"나는 여기에서 조용히 머물다 갈 나그네일세."

"그럼 왜 나와 내기까지 했나?"

"자네가 먼저 내기를 걸지 않았나. 그리고 나는 푼돈이나 벌자고 이런 내기를 벌인 것이 아니네."

"돈이 필요 없다는 말인가? 그런 어서 단서를 어디서 얻었는지 가르쳐 주게."

"내 말을 오해했군."

"그게 무슨 말인지? 지금 나와 장난하자는 건가?"

"푼돈을 벌기 위함이 아니라 거금을 벌기 위함이라네."

말을 마친 한빈은 손가락을 튕겼다.

딱!

그 소리에 하얀 바람이 불어왔다.

휙.

그것은 바람이 아니라 설화였다.

순식간에 빽빽한 유생 사이를 비집고 들어온 설화가 당연하다는 보따리를 펼쳤다.

그곳에는 꽤 많은 양의 종이가 탑을 쌓고 있었다.

모두는 그 모습에 아연실색했다.

한빈은 지전을 세듯 쫘르륵 넘기며 종이에 적힌 내용을 확인했다.

내용을 확인한 한빈이 자리에서 일어났다.

"시간이 없으니 아까 손을 든 자는 어서 서명을 하게."

"……."

유생들은 황당함에 서로를 바라보기만 했다.

한빈이 말하는 바가 뭔지를 알 수 없었기 때문이다.

그때 한빈이 다시 외쳤다.

"여기에 서명을 하면 내가 그 문제를 어떻게 풀었는지 말해 주겠네!"

"······."

하지만 반응하는 이는 아무도 없었다.

그 모습에 한빈은 씩 웃으며 종이를 한 장 들었다.

그러고는 망설이지 않고 종이를 찢었다.

좌악.

순간 최유지가 다급히 나섰다.

"지금 우리에게 왜 그러는 것인가?"

최유지의 미간에는 깊은 골이 생겨났다.

뭔가 상황이 파국으로 치닫고 있는 듯했다.

장유중 학장의 시험에서 부정행위라?

그것은 앞으로 중앙 정계로 나아가는 길이 막혔음을 뜻한다.

결과가 왜 이리되었는지는 모르겠지만, 최악의 상황만은 막아야 했다.

그때 한빈이 사람 좋은 얼굴로 답했다.

"나도 땅 파서 장사하는 건 아니지 않나. 얻어 가는 것이 있어야지."

"서명하면 알려 줄 텐가?"

"그야 당연하지 않은가?"

"그럼 서명하겠네."

"자네만 해서는 안 되네, 손을 든 자 모두가 함께해야 하네."

"흠."

최유지는 침음을 삼켰다.

탑처럼 높게 쌓인 계약서를 보니, 이건 미리 준비해 온 것이 분명했다.

최유지는 뒤를 돌아봤다.

순간 모두가 고개를 끄덕인다.

계약서에 서명한다는 것에 모두가 한마음으로 동의하고 있었다.

붓을 든 최유지는 다시 한번 물었다.

"서명을 하면 확실히 알려 주겠는가?"

"언제부터 이렇게 사람을 못 믿게 됐나?"

한빈은 씩 웃으며 계약서를 가리켰다.

그들의 모습을 보고 있던 양석봉은 기가 찼다.

이건 열흘 전 자신의 모습과 너무 판박이였다.

양석봉도 이렇게 엮여서 끌려다니고 있었다.

양석봉은 지금 가득 쌓인 계약서를 보며 입을 벌렸다.

이곳에 올 때만 해도 이번 입학생의 수장은 자신이나 최유지가 될 것이라고 생각했다.

그런데 피보다도 진하다는 계약 관계로 모두가 하나로 묶이게 된 것이다.

　어찌 보면 먼저 계약한 자신이 위라 생각했다.

　문제는 이곳에 온 지 일주일 만에 단 한 명이 서원을 장악했다는 것이다.

　그렇다면?

　미래를 생각하자 양석봉은 자신도 모르게 한숨을 내쉬었다.

　"휴."

　잠시 후.

　정답을 확인한 장유중은 고개를 갸웃했다.

　다시 돌아와 물어보니 최유지가 단서를 얻게 된 경위를 정확하게 밝힌 것이다.

　"약속은 약속이니 먼저 황궁에서 하사한 족자를 자네에게 내리겠다. 그리고 아까 손을 든 자들에게는 모두 이번 학기 수업에 통(通)을 주겠다."

　말을 마친 장유중은 족자 하나를 꺼내 최유지에게 건넸다.

　"감사합니다."

　"허허."

장유중은 허탈하게 웃었다.

약속은 지켰지만, 그들이 문제를 푸는 과정이 꽤 복잡했다는 것을 알고 있었다.

사실 장유중은 밖에서 그들의 행동을 모두 봤었다.

그들의 대화를 듣지는 못했지만, 그들의 행동으로 어떤 일이 일어났는지를 눈치챌 수 있었다.

장유중이 보기에 최유지와 나머지 유생들은 누군가를 협박했다.

첫 번째로 협박한 것이 양석봉이었고 이를 말리러 온 팽한빈까지 협박했다.

그들이 둘을 협박한 이유는 무엇일까?

모든 상황을 미루어 보면 정답을 알아낸 이가 바로 팽한빈과 양석봉이라는 결론을 낼 수밖에 없었다.

어찌 보면 말도 안 되는 부정행위였다.

하지만 약속은 약속이었다.

장유중이 약속을 지키는 이유는 따로 있었다.

그것은 '비인부전(非人不傳)'이라는 네 글자 때문이었다.

이것은 장유중의 교육 철학이었다.

장유중은 자신이 눈여겨본 몇몇에게만 집중하기로 했다.

문제 풀이에 대한 검증이 끝나자, 장유중은 나지막이 모두에게 외쳤다.

"모두 이만 나가도 좋다. 다만!"

"……."

일어나려던 유생들이 멈칫하자 장유중이 다시 말을 이었다.

"팽한빈 유생과 양석봉 유생은 잠시 남도록."

그의 말에 나머지 유생들은 썰물처럼 빠져나갔다.

이제 강의실에는 양석봉과 팽한빈만이 남아 있을 뿐이었다.

장유중은 둘을 바라보며 말을 이었다.

"내가 왜 너희 둘을 남으라 했는지 알겠느냐?"

"……."

한빈이나 양석봉 모두 답하지 않았다.

그 모습에 장유중이 미소를 지었다.

"나는 이 서원에 오면서 비인부전이란 말을 지켰다. 사람이 아니면 내 학문을 전하지 않으리라 결심했다. 그래서 나는 오늘부터 너희 둘에게만 내 학문을 전하겠다."

"……."

양석봉은 아무 말 없이 눈썹을 파르르 떨었다.

이게 무슨 뚱딴지같은 소리인지 알 수 없었다.

장유중이 비인부전을 중시한다는 것은 양석봉도 알고 있었다.

문제는 장유중이 왜 지금 비인부전을 말하는지 모른다는 것이었다.

모두를 내보내고 둘만 남겼을 때, 그는 질책을 당하리라고 생각했다.

그래서 잔뜩 긴장하고 있었는데 둘만 가르친다니?

양석봉은 이해할 수 없었다.

그의 표정을 본 장유중이 흰 수염으로 반듯한 미소를 그렸다.

"내 말이 무슨 뜻인지 모르는 모양이구나."

"네, 송구하오나 제 지식이 짧아 알아듣지 못했습니다."

"그래, 내가 지금 왜 이런 말을 하는지 너도 궁금하겠지. 잠시 이리 나와 보아라."

"네?"

"질책하려는 것이 아니니 편히 나와 보아라."

"알겠습니다."

양석봉은 자리에서 일어났다.

옆쪽에 있던 한빈도 눈치껏 그의 옆에 섰다.

"나는 밖에서 그대들의 됨됨이를 확인했네."

"저희의 됨됨이라니, 그게 무슨 말씀입니까?"

"정답의 단서를 얻은 게 최유지 유생이 아니지?"

"……."

양석봉은 한 대 얻어맞은 것처럼 멍하니 장유중을 바라봤다.

순간 등골에서 서늘한 한기가 느껴지는 것을 왜일까?

이제까지는 대쪽 같은 학자의 모습만 보였던 장유중이었다.

그런데 모든 것을 손바닥 안에 놓고 지켜보고 있었다니 소름이 돋을 수밖에 없었다.

그 모습에 장유중은 흡족한 미소를 지으며 다시 말을 이었다.

"아마 최유지 유생과 나머지 유생이 뜻을 같이했겠지."

"……."

양석봉은 답할 수 없었다.

장유중은 모든 것을 꿰뚫어 보고 있었다.

그렇다면?

자신이 최유지에게 단서를 돈을 주고 팔았다는 것도 모두 알고 있을 것이 분명했다.

만약 장유중이 모든 사실을 알고 있다면 그 뒤 일은 안 봐도 훤했다.

양석봉이 긴장한 듯 마른침을 삼키고 있자, 장유중이 웃었다.

"왜 그리 긴장하느냐?"

"아, 아무것도 아닙니다."

"말까지 더듬는 것을 보니, 무엇을 잘못했는지는 알고 있는 것처럼 보이는구나."

"네, 알고 있습니다."

"그럼 직접 말해 보아라. 네 잘못을 말이야."

"그, 그러니까……."

양석봉은 살짝 말을 더듬었다.

어디서부터 말해야 할지를 몰랐다.

모든 것을 말한다면 한빈과의 계약 내용마저 밝혀야 했다.

당황한 양석봉의 표정을 본 장유중이 웃었다.

"이제는 됐네. 자네 행동은 잘못된 행동이지만, 그렇게밖에 할 수 없었다는 것도 알고 있네."

"헉, 그걸 어떻게 아셨습니까? 하, 학장님."

"내 눈은 한 치 앞을 보기에도 노쇠했지만, 마음만은 천 리를 꿰뚫어 보고 있네."

은근히 미소를 짓는 장유중.

양석봉의 등에서 돋은 소름이 머리까지 치솟았다.

지금 장유중의 이야기를 들어 보면 완벽하게 전후 사정을 꿰뚫고 있었다.

비인부전이니 뭐니 하면서 안심시켰지만, 장유중은 자신과 한빈을 질책하려는 것이 분명했다.

그에게 잘못 보인다는 것은 관직으로 나갈 앞길이 막힌다는 것.

대체 어디서부터 잘못된 것일까?

아마도 만향각에서 한빈을 만난 그 순간이라고 생각했다.

양석봉은 입술을 질끈 깨물고는 눈을 감았다.

순간 따스한 손길이 그의 어깨에서 느껴졌다.

힐끔 눈을 떠 보니, 장유중이 이전보다 더 진한 미소를 짓고 있었다.

양석봉은 그것이 범인을 밝혀낸 포졸의 미소와 같다고 생각했다.

순간 장유중의 입이 열렸다.

"나는 모두가 팽한빈 유생을 괴롭히는 것을 보았네. 오직 자네만이 그 못된 행동에 동조를 안 하더군."

"네?"

"거기에 팽한빈 유생으로부터 금품을 갈취하는 것도 보았네. 오직 자네만이 거기에 동조하지 않았지."

"……."

양석봉은 아무 말 못 하고 힐끔 고개를 돌려 한빈을 바라봤다.

시선이 마주친 한빈은 사람 좋은 얼굴로 고개를 끄덕이고 있었다.

양석봉은 다급하게 심호흡하며 마음을 달랬다.

갑자기 현기증이 밀려왔다.

이건 그가 예상했던 상황을 아득히 넘어서는 이야기였다.

장유중은 현실과는 정반대로 이야기하고 있었다.

마음을 다스린 양석봉은 안타깝다는 듯 장유중을 바라봤다.

양석봉은 장유중이 나이가 들어서 뭔가 착각하고 있는 것이 분명하다고 생각했다.

그때 장유중이 다시 말을 이었다.

"모두가 한 명을 궁지에 몰아넣었을 때 나서지 못하는 것은 죄이나, 거기에 동조하지 않은 것은 칭찬할 만하다 생각했네. 거기에 더해 칭찬할 일이 하나 더 있다네."

"그, 그게 무슨 일입니까?"

"유림 서원에 입학한 유생 중 밤새도록 호롱불이 켜져 있는 곳은 자네의 처소밖에 없더군."

"그건……."

양석봉이 말끝을 흐렸다.

새벽까지 호롱불이 켜져 있던 이유는 딱 한 가지였다.

바로 한빈이 문제의 단서를 준 후 돌아가면서 점혈을 했기 때문이다.

충분한 수면을 취하라고 수혈을 짚고 간 덕분에 호롱불도 못 끄고 탁자에 엎드려서 지내야 했다.

양석봉은 그때의 일을 생각할 때마다 이를 부득부득 갈았다.

그런데 그 일 때문에 장유중의 눈에 들었다니!

이건 말도 안 되는 일이었다.

그렇다고 지금 모든 것을 고백하기에도 상황이 여의치 않았다.

양석봉의 눈빛은 다시 흔들렸다.

새벽에 유생들을 살피는 것으로 봐서 정신이 흐려진 것 같지는 않았다.

당황한 양석봉의 표정을 본 장유중이 말을 이었다.

"말 안 해도 되네. 부족한 재능을 노력으로 메우려 한 게지. 안 그런가?"

"……."

양석봉은 다시 할 말을 잃었다.

안휘 최고의 재능이 갑자기 부족한 재능으로 둔갑했기 때문이다.

뭐, 최고의 학자인 장유중의 눈에는 그렇게 보일 수 있었다.

갑자기 살점이 뜯겨 나가는 듯한 느낌이 들었다.

그 모습에 장유중이 다시 말을 이었다.

"그 정도의 노력이면 재능이 다소 부족해도 등용하기에는 차고도 넘친다고 생각하네. 아마 내 수업의 의미를 자네는 모를 테지……."

"잘, 모르겠습니다."

사실은 알고 있었지만, 여기서 알고 있다고 할 수는 없었다.

양석봉의 대답에 장유중의 흡족한 미소가 이어졌다.

"내 수업을 통과한 자 중에 조정에서 밀려난 자는 없네. 아니 관직에 못 나간 자도 없다네."

"헉."

양석봉은 턱이 빠질 듯 입을 크게 벌렸다.

장유중의 눈에 들면 출셋길이 보장된다는 건 익히 알았다.

그런데 이 수업을 끝까지 듣는다는 것 하나만으로 출셋길이 열린다는 것은 금시초문이었다.

놀란 양석봉을 뒤로한 채 장유중은 한빈을 바라봤다.

하지만 한빈은 허공을 바라보고만 있었다.

한빈이 허공을 바라보고 있는 이유는 간단했다.

[심화편(深化篇)]
[……]
[지(智) : 일(一)]

심화편 중 가장 최근에 획득한 구결이 반짝이고 있었다.

그것도 잠시, 지 구결은 실시간으로 늘어나는 중이었다.

[지(智) : 삼(三)]

다시 눈을 깜빡하면 구결의 숫자가 바뀌었다.

[지(智) : 구(九)]

최종적으로 확인된 것은 아홉이란 숫자였다.

그렇다면?

한빈의 지혜는 이전보다 아홉 배가 늘어난 것일까?

한빈은 지금 이것이 가장 궁금했다.

그 궁금증은 바로 풀렸다.

지식이 늘어난 만큼 한빈은 자신의 상태에 대해서 객관적으로 평가하는 것이 가능했다.

결론부터 말하면 처음에 '지'의 구결이 활성화되었을 때의 변화만큼은 아니었다.

하지만 머리가 맑아지는 것이, 약간의 변화는 있었다.

이 구결은 유생들을 머리로 굴복시켜서 얻은 것.

굴복시킨다는 의미에서 계약서만큼 효과가 좋은 것은 없었다.

생각해 보니 양석봉에게 미리 계약서를 써 놨기 때문에 '지'의 구결이 활성화되는 것이 수월했던 것 같았다.

한 가지 결심이 한빈의 마음속에 자리 잡았다.

이곳에서 최대한 '지'의 구결을 채우자는 다짐이었다.

이곳 유림 서원만큼 지혜를 획득하게 좋은 곳이 세상에 어디 있을까?

지혜는 강자와의 대결에서 꼭 필요한 구결이 될 것이 틀림없었다.

그때 장유중의 목소리가 귓가를 파고들었다.

"자네는 마치 신선 같아 보이네."

"아닙니다, 학장님."

한빈은 사람 좋은 얼굴로 고개를 저었다.

뭐, 귀가 닳도록 들었던 말이기에 그다지 감흥은 없었다.

허공을 보며 용린검법을 확인하는 모습이 신선의 풍모와 닮았다는 것은 한빈도 인정하는 바였다.

장유중은 한빈의 곁으로 다가왔다.

그는 한빈의 어깨를 다독이며 입을 열었다.

"자네는 왜 능력을 숨기고 있나?"

"제가 무슨 능력이 있다고 그러시나요?"

"내가 보기에 자네는 유림 서원이 배출할 최고의 천재가 될 것일세."

"네?"

"사실 이 문제는 풀라고 내놓은 것이 아니었다네. 그저 자신의 경지를 알라고 내놓은 것이지."

"……."

한빈은 답하지 않고 표정 관리에 심혈을 기울였다.

물론 대강의 상황은 알고 있었다.

그런데 모든 것을 알고 있었다고 하기에는 너무 튀어 보였다.

"그런데 자네는 그 문제를 풀었더군."

"운이 좋았을 뿐입니다."

담담하게 상황을 인정하는 한빈을 본 장유중이 미소를 지었다.

"아마 자네는 이쯤 해서 의문이 들 테지……."

장유중은 잠시 숨을 고르며 주변을 살폈다.

유생들이 빠져나간 자리는 휑하기만 했다.

빈자리를 확인한 장유중이 다시 말을 이었다.

"모든 것을 알면서도 왜 저들에게 상을 내렸는지 궁금하겠지."

"……."

한빈은 물끄러미 장유중을 바라봤다.

사실 궁금하지는 않았다.

최유지가 받은 선묘도는 어차피 한빈의 것이 될 터였다.

계약서에 의하면 그들이 얻는 모든 물건은 한빈의 것이 될 수밖에 없는 상황이었다.

어찌 보면 양석봉이 한빈과 맺은 계약보다 더 악독한 계약서였다.

한빈의 표정을 본 장유중이 말을 이었다.

"자네의 약점은 딱 하나일세."

"제 약점이라니요?"

한빈이 처음으로 당황하자 장유중이 말했다.

"자네의 약점은 너무 순수하다는 점일세."

순간 뒤쪽에서 비명이 튀어나왔다.

"헉!"

그 비명의 주인은 바로 양석봉이었다.

장유중은 사람 좋은 얼굴로 웃었다.

"놀란 표정을 보니 내가 너무 모든 상황을 꿰뚫어 봤다는 것에 놀란 것 같군. 자네들은 내가 이 상황을 어찌 이리 소상히 아는지 궁금하지 않나? 이리 따라와 보게."

장유중은 강단 쪽으로 걸어가며 손짓했다.

그러고는 강단의 뒤쪽을 가리켰다.

그곳에는 족자 하나가 걸려 있었다.

족자에는 하늘을 나는 매가 생동감 있게 표현되어 있었다.

족자의 앞까지 간 장유중이 손끝으로 어딘가를 가리켰다.

그가 가리킨 것은 창공에 떠 있는 매였다.

"이쪽을 잘 보게."

"그건 매가 아닙니까?"

양석봉이 고개를 갸웃하자 장유중이 말했다.

"매가 아닌 눈을 잘 보게나."

장유중의 말에, 양석봉은 눈을 가늘게 떴다.

한참을 살피던 양석봉은 입을 턱 벌렸다.

"대, 대체 이건……."

그가 말을 못 잇는 이유는 한 가지였다.

매의 눈에는 미세하게 구멍이 나 있었다.

양석봉은 본능적으로 고개를 길게 빼고 구멍으로 반대편

을 바라봤다.

구멍의 반대편에는 강사들의 집무실이 있었다.

집무실에서는 강의실을 샅샅이 살필 수 있었다.

그 모습에 장유중이 활짝 웃으며 말을 이었다.

"나는 이곳을 통해 자네들을 관찰하고 있었네."

"……."

양석봉의 눈빛은 바람에 흔들리는 갈대처럼 갈 곳을 찾지 못하고 있었다.

그도 그럴 것이, 다 보고 있었는데 어떻게 한빈이 피해자라는 결론이 나올 수 있단 말인가?

양석봉은 자신도 모르게 뒤를 돌아봤다.

그곳에서는 한빈이 모든 것을 알고 있었다는 듯 담담하게 족자를 바라보고 있었다.

양석봉은 머리털이 쭈뼛 솟는 착각이 들었다.

모든 것이 계획적이라는 것일까?

물론 모든 의문이 해결된 것은 아니었다.

한참을 생각하던 그의 머릿속에 한 가지 가정이 떠올랐다.

그때 장유중이 말을 이었다.

"뭘 그리 놀라나, 양석봉 유생?"

"아, 아닙니다. 학장님. 한 가지만 여쭤봐도 되겠습니까?"

"이곳에는 자네들밖에 없으니 편히 질문하게."

"사적인 질문이라……."

양석봉은 말끝을 흐렸다. 막상 질문하려고 보니 아픈 곳을 찌르는 것은 아닌가 걱정이 되어서였다.

그때 양석봉은 옆에서 기척을 느꼈다.

고개를 힐끔 돌려 보니 어느새 한빈이 서 있었다.

양석봉은 눈을 크게 떴다.

한빈은 양석봉의 표정에는 아랑곳하지 않고 장유중에게 다가갔다.

장유중도 한빈의 모습에 눈을 크게 떴다.

한빈은 양석봉을 지나쳐 장유중의 앞에 섰다.

장유중이 물었다.

"자네도 질문이 있나?"

"질문은 아니고 학장님의 은혜에 보답하고 싶습니다."

"은혜에 보답하고 싶다……."

"학장님의 혜안이 없었다면 저는 유림 서원에 있는 동안 다른 유생들의 등쌀에 고생했을 겁니다. 그런데 학장님께서는 모든 것을 꿰뚫어 보시고 저와 양 유생을 배려해 주시지 않았습니까?"

"흠."

장유중이 턱수염을 쓰다듬었다.

그 모습에 한빈이 품에서 뭔가를 꺼냈다.

은괴나 금괴가 들어 있을 만한 조그마한 상자였다.

장유중은 눈을 크게 뜨고 호통을 쳤다.

"내 자네를 잘못 본 것 같네! 신성한 서원에서 뇌물이라니!"

"뇌물이 아닙니다."

"그럼 뭔가?"

"직접 열어 보시죠."

한빈은 조그마한 나무 상자를 건넸다.

당당한 한빈의 태도에 장유중은 고개를 갸웃하더니 나무 상자를 받았다.

거침없이 나무 상자를 열어 본 장유중이 눈을 크게 떴다.

"이게 뭔가?"

"안경이라고 하는 물건입니다. 아마 황실에도 몇 개 없는 물건으로 알고 있습니다."

"안경이라……."

장유중이 눈을 크게 떴다.

정보에 밝은 사람이라면 안경에 대해서 모를 수 없었다.

세상에는 눈이 밝아지는 오묘한 물건이라 소개된 물건이었다.

안경을 실물로 본 것은 장유중도 처음이었다.

그때 한빈의 설명이 이어졌다.

"질 낮은 유리 대신 북해빙궁에서도 귀하다는 천년빙정을 깎아서 돋보기를 만들었습니다."

"허허."

"그 돋보기를 무소의 뿔 사이에 끼워 넣어 만든 것이 그 안경입니다. 그리고 고리는 일반 천 대신에 천잠사를 꼬아서 만들었습니다."

"대체 이 귀한 걸……. 왜 내게 주는 것이냐? 그리 귀한 것이라면 뇌물이 아니더냐?"

장유중이 거침없이 질문을 쏟아 냈지만, 한빈의 표정은 바뀌지 않았다.

"학장님의 시력이 전과 같지 않으신 것 같아서 드리는 겁니다."

"흠. 그건 어디에서 들었느냐?"

"항상 앞쪽의 유생만 부르시지 않습니까? 기억력이 안 좋아서 뒤쪽의 유생을 부르지 못하는 것이 아니라, 눈이 안 좋으셔서 뒤쪽의 유생을 못 알아보는 듯 느꼈습니다."

"허허."

장유중이 웃자 한빈이 다시 말을 이었다.

"이건 뇌물이 아니라 모든 유생을 두루 살펴 달라는 제 부탁이 들어 있는 선물입니다."

"……."

장유중이 말없이 한빈을 바라봤다.

그것도 잠시, 장유중은 한빈이 건넨 안경을 눈에 대 보았다.

시원한 기운이 눈에 스며들며 세상이 선명하게 보였다.

"이건 대체……."

"잘 맞으시나 봅니다, 학장님."

"허허."

다시 웃음을 토해 내던 장유중은 고개를 들어 이리저리 두리번거렸다.

장유중은 만족한 듯 미소를 지었다.

그러고는 강의실 입구 쪽을 바라봤다.

"저 밖에 있는 유생도 보이는군."

"네?"

이번에는 한빈이 놀랐다.

유생은 모두 강의실을 벗어났다.

그런데 장유중이 남아 있는 유생이 있다고 하니 놀랄 수밖에 없었다.

"밖에 있는 유생들에게 들어오라 전하게."

장유중이 강의실 밖을 가리키자, 한빈이 고개를 갸웃하며 물었다.

"밖에는 유생이 없습니다."

"안경은 자네가 껴야 하겠군."

"그게 무슨 말씀입니까?"

"자네는 서책을 들고 상투를 틀고 상투를 덮는 속관을 해야지만 유생이라고 생각하나?"

"아닙니다. 배움을 청하는 이라면……."

"맞네. 그러니 저 친구들도 유생이라 할 수 있지."

장유중은 손가락으로 힘차게 강의실 입구를 가리켰다.

한빈은 그가 가리키는 곳을 뚫어져라 바라봤다.

장유중이 가리킨 곳에는 다름 아닌 설화와 청화 그리고 소군이 당황한 채 서 있었다.

장유중의 말이 다시 이어졌다.

"들어오라 전하게."

"네, 알겠습니다."

한빈은 고개를 살짝 숙인 후 설화 일행을 불러들였다.

그녀들이 자리에 앉자, 장유중이 흐뭇한 표정으로 말을 이었다.

"하하, 똘똘하게 생겼구나."

"저희가 앉아도 되나요? 할아버지."

설화가 어색하게 웃으며 묻자 장유중이 뚱한 표정으로 물었다.

"할아버지라니?"

"……"

설화는 답하지 못했다.

아무리 생각해도 할아버지라는 호칭 외에 다른 호칭은 떠오르지 않았다.

당황한 설화의 표정을 본 장유중이 알았다는 듯 고개를 끄덕였다.

"이제부터는 스승이라 불러도 좋다."

"스승님이요?"

"그래. 유림 서원에 소속된 유생이 아니니 학장이란 호칭으로 부르지 않아도 된다. 그러니 그냥 스승이라고 불러도 된다. 배우기 싫으면 그냥 나가도 뭐라고는 안 하겠다."

"아, 아니에요. 그런데 진짜 여기 앉아서 배워도 되나요?"

"당연하지. 나는 웬만한 유생들보다도 학문에 관심을 쏟는 너희의 모습을 진작에 봤다."

"저희 모습을 봤다고요? 그게 무슨 말씀이세요?"

"첫날 강의 때부터 저 밖에서 누구보다 더 눈을 빛내고 있지 않았냐?"

"눈을 빛낸 건······."

설화는 말을 잇지 못했다.

강의실을 감시하기 위해서라고 솔직하게 말할 수는 없었다.

한빈이 강의실에 있는 동안 설화가 맡은 임무는 다름 아닌 강의실의 감시였다.

장유중이 다시 말을 이었다.

"나는 멀리서도 너희의 불타는 마음을 느꼈다."

"그건······."

설화는 다시 말을 잇지 못했다.

아무래도 설화나 청화가 내뿜는 미약한 기세를 느낀 것도 같았다.

　사실 설화는 장유중에게 놀라고 있었다.

　설화는 기척과 기세를 절제하고 있었다.

　그녀의 미약한 기세를 느끼려면 무공의 경지가 초절정은
되어야 했다.

　설화는 지금 만류귀종이라는 말이 가슴에 와닿았다.

　그녀는 장유중이 학문에 있어 화경에 다다랐다고 생각했
다.

　그때 청화가 손을 번쩍 들었다.

　"스승님, 저 오늘부터 공부할래요."

　"저, 저도요."

　소군도 눈을 빛내며 입맛을 다셨다.

　그들의 모습에 장유중이 환하게 미소를 지었다.

　"천재 하나에 노력파가 넷이라……."

　"그게 무슨 말씀입니까?"

　한빈이 조심스럽게 묻자 장유중이 웃었다.

　"허허, 그건 지금 말할 것이 아니네. 누가 천재이고 누가
노력파인지는 앞으로 지켜봐야 알겠지. 그런데 말이야……."

　장유중이 살짝 말끝을 흐리자, 한빈은 호기심 가득한 표정
으로 재촉했다.

　"말씀하시지요."

　"내 평생 이번만큼 즐거운 강의를 할 수는 없을 것 같네."

"……."

한빈은 답하지 않았다.

장유중이 무엇을 그리 즐거워하는지 감도 잡히지 않았기 때문이다.

장유중은 잠시 상념에 잠겼다.

새벽까지 호롱불이 켜져 있는 것은 양석봉의 처소만이 아니었다.

호위 무사와 시비들의 처소에도 호롱불 하나가 밤새도록 불을 밝히고 있었다.

나중에 알고 보니 그것은 한빈의 시비들 처소였다.

장유중은 그녀들이 이름이 각각 설화와 청화 그리고 소군이라는 것까지 알아냈다.

주인을 따라 낯선 곳에 왔으면 피곤할 것이 분명했다.

그 힘든 상황에도 밤새도록 호롱불을 켜 놓고 배움에 열중하는 그들의 모습은 장유중의 가슴 한쪽에 열정이라는 불을 지폈다.

그런데 안경을 쓰고 밖을 바라보니 강의실 밖에서 눈을 빛내고 있는 것도 그녀들이었다.

눈에 불을 켜고 강의실 안쪽의 말 한마디도 놓치지 않으려는 그녀들의 모습에 장유중은 감동했다.

배움에 귀천이 어디 있는가?

장유중은 진심으로 그녀들의 스승을 자처하고 싶었다.

강론을 끝낸 장유중은 안경을 벗었다.

그는 흐뭇한 눈빛으로 안경을 한참 동안 바라봤다.

이 안경 덕분에 조금 더 제자들에게 열정을 쏟을 수 있을 것 같았다.

그는 다시 안경을 쓰고 강의실을 나갔다.

밖을 보니 한빈 일행이 점점이 사라지고 있었다.

이제 갈 길을 가려던 장유중은 고개를 갸웃했다.

왠지 한빈이 가는 길 주변에 기척이 느껴졌기 때문이었다.

장유중은 재빨리 안경을 썼다.

순간 전각의 구석구석에 숨어 있는 유생의 무리가 눈에 들어왔다.

"이놈들을!"

장유중은 주먹을 꽉 쥐었다.

한빈 일행에게 해코지하려는 것이 분명했다.

이전에 구멍으로 볼 때는 희미하게 보였지만, 이번에는 똑똑히 봤다.

장유중은 그들을 사람답게 만들리라 결심했다.

한빈은 휘적휘적 전각 사이를 걷고 있었다.

한참을 걷던 한빈은 조용히 발길을 멈췄다.

탁.

"아까부터 왜 그렇게 따라오십니까?"

"왠지 같이 가야 할 것 같은 느낌이 들어서 말이오."

양석봉이 어색하게 웃고 있었다.

"흠."

"그런데 대체 어떻게 된 것입니까?"

"뭘 말씀하시는지 모르겠군요."

"장유중 학장님의 태도 말입니다. 어떻게 팽 유생이 해코지당한 거라고 착각하고 계시는 겁니까? 저는 대체 이해가 되지 않습니다. 눈이 안 좋아서 착각하실 수는 있다고 봅니다. 그런데 귀까지 안 들리지는 않으신 것 같아서 말입니다."

"진실을 보는 데 탁월한 능력이 있으신 거겠죠."

"그게 어떻게 진실⋯⋯."

양석봉은 말을 맺지 못했다.

한빈이 눈을 가늘게 떴기 때문이다.

양석봉이 당황한 표정을 감추지 못할 때, 한빈이 활짝 웃으며 말을 이었다.

"궁금하십니까?"

"네, 궁금합니다."

"궁금하면 은전 오백 냥을 내시지요!"

"네?"

"세상에 공짜가 어디 있습니까? 남의 영업 비밀을 가져가려면 대가가 있어야지요."

"헉."

양석봉은 튀어나오는 비명을 황급히 막았다.

한빈은 당황한 양석봉을 놔둔 채 천천히 앞으로 걸어갔다.

그 모습에 양석봉이 손을 뻗었다.

"같이 갑시다, 팽 유생."

이번에 같이 가자는 말은 진심이었다.

처음에는 원수 같았는데, 이번 강의 시간을 기점으로 묘하게 한빈에게 의지하게 되었다.

처음에는 원망스러웠다.

하지만 한빈 덕분에 장유중의 눈에 든 것은 사실이었다.

어떻게 장유중이 새벽까지 유생들의 처소를 감시한다는 것을 알았을까?

호롱불이 켜진 것 하나만으로 장유중이 착각하리라는 것은 또 어떻게 알고 있었을까?

한빈에 대한 의문은 봄날 새싹이 트듯 양석봉의 머릿속을 잠식했다.

유림 서원에 대해서는 누구보다 잘 알고 있다고 자부하는 양석봉이었다.

그런데 어떻게 무림세가에서 온 자가 자신보다 유림 서원을 더 잘 알고 있단 말인가?

양석봉은 호기심이 드는 동시에 묘하게 가슴 한쪽에 경쟁심이 피어났다.

사실 이런 종류의 경쟁심은 처음이었다.

양석봉은 안휘에서도 최고였고 이곳에서도 최고가 될 것이라 항상 자신했었다.

그런데 유림 서원의 문턱을 넘기도 전에 모든 예상이 깨진 것이다.

양석봉은 이 모든 것이 상대의 계략에 당한 것이라고 생각했다.

하지만 오늘 보니 그것이 아니었다.

하북팽가의 사 공자가 은연중에 자신을 돌보고 있다는 생각이 들었다.

수혈을 제압해서 밤새도록 호롱불을 켠 채 탁자 위에서 잠이 들게 했을 때만 해도 이를 부득부득 갈았었다.

하지만 오늘 보니 자신을 무시해서가 아니라, 장유중 학장의 눈에 들게 하려고 한 일이었다.

양석봉은 자신이 누군가를 보살핀 적은 있어도 이렇게 누군가에게 배려받은 적은 없었다.

그때였다.

양석봉은 눈을 크게 떴다.

상념에 든 사이 한빈 일행이 점점 멀어지고 있다는 것을 깨달았다.

양석봉은 멀어지는 한빈을 다급하게 따라갔다.

"같이 갑시다."

일과가 끝난 한빈의 처소.

한빈은 턱을 괸 채 상념에 잠겨 있었다.

그의 앞에는 서찰 한 장이 펼쳐져 있었다.

"조심하라니?"

서찰은 제갈공민으로부터 온 것이었다.

서찰에는 몇 글자만 쓰여 있었다.

인급(人級) 경보(警報).

제갈공민이 보낸 인급 경보란 말은 정의맹에서 쓰는 용어
였다.

정의맹은 위험을 감지하면 해당 지역에 경계경보를 보낸
다.

여기서 인급 경보란 목숨이 위험할지도 모를 위협에 대한
경고였다.

지역의 위험은 인급으로 표시하고 나라의 위험은 천급으
로 표시한다.

물론 정의맹과 관계가 없는 사건에 대해서는 침묵으로 일

관한다.

경고를 보낸 이유는 한빈을 정의맹의 일원으로 생각해서인 것 같았다.

한빈은 조용히 자리에서 일어나 창문을 열고 밖을 바라봤다.

사실 이곳만큼 편히 쉴 수 있는 공간은 그리 많지 않았다.

이곳은 황궁의 힘이 미치는 곳.

그 어떤 무림 집단도 이곳을 비집고 들어올 수는 없었다.

그런데 인급 경보라?

한빈은 이 경보 자체가 이해되지 않았다.

정의맹의 군사인 제갈공민이라면 허투루 이런 서찰을 보내지는 않았을 것이다.

대체 어떤 첩보를 입수한 것일까?

이 서찰을 받고 한빈은 촉각을 곤두세우고 있었다.

사실 설화와 청화 그리고 소군이 호롱불을 켠 채 번갈아가며 경계 태세를 취하는 것도 이 서찰 때문이었다.

양석봉의 방에 호롱불을 켜 놓고 온 것 역시 이 서찰 때문이었고.

곳곳에 불이 켜진 방이 있다면 염려하던 일이 일어날 확률도 줄어들리라 생각해서였다.

그런데 뜻하지 않게 양석봉과 설화 그리고 청화, 소군이 차례대로 장유중의 눈에 드는 일이 일어났다.

의도한 일은 아니지만, 한빈은 이번 일에 대해서 만족하고 있었다.

일단 무리를 나누어 살필 수 있다는 것은 어찌 보면 한빈의 수고를 덜어 주었다.

이젠 한빈 일행과 최유지 일행을 나누어 생각하면 되었다.

한빈이 팔짱을 끼고 창밖을 바라보고 있을 때였다.

하얀 천이 창문 앞에서 일렁거리더니 바람 소리를 내었다.

획.

그 소리에 한빈이 빙긋 미소를 지었다.

"설화가 왔구나."

"네, 공자님. 저 왔어요."

"순순히 내놓더냐?"

"네, 제가 가니 바로 전해 주더라고요."

설화는 한빈에게 둘둘 만 족자 하나를 건넸다.

그 족자를 받은 한빈은 재빨리 탁자 위에 펼쳤다.

족자 안에는 고양이 한 마리가 나무 밑에서 하품을 하고 있었다.

"뭐지……?"

한빈은 고개를 갸웃했다.

그 모습에 설화가 재빨리 물었다.

"공자님, 왜 그래요?"

"선묘도가 맞는지 의심스러워서 그러지. 뭔가 허전한 느낌이 드는데."

"최유지 유생도 펴 보고는 별거 없으니까 순순히 내놨겠죠."

설화가 족자를 가리켰다.

족자는 다름 아닌 선묘도였다.

장유중이 최유지에게 준 것인데, 그것이 다시 한빈의 손에 들어온 것이다.

이유는 바로 한빈과 최유지의 계약 때문이었다.

한빈은 턱을 쓰다듬으며 선묘도에 집중했다.

"흠, 여기에 비밀이 있다는 건데……."

"저도 오면서 잠깐 봤는데 저잣거리에서 파는 흔한 족자 같은데요. 이게 황궁에서 왔다는 게 조금 이해가 안 돼요, 공자님."

"그 말이 사실이었군."

"무슨 말이요?"

"금미랑 소저가 은밀하게 해 준 말이 있었거든. 선묘도는 하나가 아닐지도 모른다는 얘기였어."

"그럼 이게 가짜라는 이야기예요?"

"가짜일 수도 있고 선묘도의 한 부분일 수도 있겠지."

"헉, 그런……."

"그래, 장유중 학사님에게 아직 받아야 할 게 남아 있다는 얘기지."

"그걸 어떻게 받아요?"

"계속 문제를 내지 않을까?"

"공자님, 걱정하지 마세요."

"걱정하지 말라니, 그게 무슨 말이지?"

"저하고 청화가 열심히 공부해서 나머지도 받아 낼게요. 아 참, 소군도요."

"……."

한빈은 말없이 웃었다.

그 모습에 설화도 마주 웃었다.

설화의 웃음에는 많은 의미가 담겨 있었다.

설화는 이곳에 와서 제법 많은 것을 깨달았다.

그중 하나가 학문의 중요성이었다.

공부하지 않으면 한빈을 보필하는 것에도 한계가 있다는 것을 이곳에 와서 깨달았다.

한빈에게 말을 하지는 않았지만, 밤에 호롱불을 밝힌 채 서책에 집중했다는 것은 장유중의 착각이 아니었다.

실제로 설화는 밤새도록 공부에 열중하고 있었다.

⁂

다음 날.

강론이 열리는 소호각.

설화는 동생들을 이끌고 강의실에 들어섰다.

한빈은 앞쪽 자리에 앉았지만, 설화는 주위를 두리번거리다가 끝자리에 앉았다.

자리에 앉은 설화는 심호흡했다.

차라리 피비린내 나는 전장이 나았다.

왠지 이곳은 하의와 상의를 바꿔 입은 것처럼 불편했다.

오늘 설화의 목표는 간단했다.

한빈에게 도움이 되는 것이었다.

어제 장유중과 다른 강사들을 미행한 결과, 새로운 정보를 알아냈다.

금미랑의 말대로 선묘도는 한 장이 아니었다.

황궁에서 내려온 여러 장의 선묘도를 장유중은 몇몇 강사들에게 나눠 줬다.

한빈이 알아서 손에 넣겠지만, 설화는 조금이라도 도움이 되고 싶었다.

차 한 잔 마실 시간이 지났을 때, 강사가 들어왔다.

순간 설화는 눈을 크게 떴다.

이번 강론 강사는 다름 아닌 제갈공려였기 때문이다.

제갈공려가 소호각에 들어서자 모두가 자리에서 일어나 포권했다.

강호의 포권과는 약간 다른 것이, 고개를 깊숙이 숙이지만, 포권한 주먹을 앞으로 내미는 대신 유생의 가슴에 가져다 댔다.

이건 유생들의 예법인 것 같았다.

설화는 재빨리 그들의 동작을 따라 했다.

"스승님을 뵙습니다."

"모두 자리에 앉아요."

설화는 고개를 들어 제갈공려를 물끄러미 바라봤다.

순간 시선이 마주쳤다.

그 시선에는 놀라움이 담겨 있었다.

그때 양석봉이 자리에서 일어났다.

"새로운 유생에 대해서는 제가 설명해 드리겠습니다, 학사님."

"말해 봐요, 양 유생."

"새로운 유생은 장유중 학사님의 허락하에 청강하게 되었습니다."

"아, 장유중 학장님이 말씀하신 유생들이었군요."

제갈공려는 설화와 청화 그리고 소군을 바라보더니 살짝 미소를 짓는다.

설화도 마주 웃으며 서책을 꺼냈다.

설화는 서책을 꺼내며 동생들에게 재빨리 눈짓했다.

강론에 임할 준비를 하라는 신호였다.

그들을 흐뭇한 눈으로 바라보던 제갈공려도 서책을 펼쳤다.

그러고는 인자한 미소를 지으며 소호각에 있는 유생들을 살폈다.

모두가 나온 것을 확인한 제갈공려는 모두에게 물었다.

"지난 시간에는 육도(六韜) 중 용도(龍韜)에 대해서 배웠다고 들었어요. 모두 기억나나요?"

육도란 태공망이 저술했다고 전해지는 병서 중 하나였다.

이곳에서 제갈공려가 사서삼경이 아닌 병서를 강의하는 것은 어찌 보면 딱 맞았다.

제갈세가는 무림에서나 관에서나 모두 병법의 대가로 평한다.

유생들은 대체로 병서에 약한 편이다.

하지만 제갈가에 병서에 대한 강의를 받을 기회는 흔치 않았다.

유생들도 하나같이 눈을 빛내고 있다.

청화와 소군도 올망졸망 눈을 빛내며 제갈공려의 말에 고개를 끄덕였다.

"네, 기억납니다."

"알고 있습니다."

"기억나요."

물론 청화는 기억하고 있지 않았다.

지난번 강의에서 다른 강사들을 감시하느라 설화와 함께 자리를 비웠기 때문이다.

그저 설화는 누구보다 열심히 고개를 끄덕였다.

모두가 고개를 끄덕이자 제갈공려가 말했다.

"그럼 누가 일어나 육도의 용도 편에서는 무엇을 다뤘는지를 이야기해 보죠."

말이 끝나기도 전에 누군가 획 일어났다.

"용은 제왕과 장수를 말합니다. 용도에서는 장수의 자질과 요건에 대해서 폭넓게 언급하고 있습니다."

똑 부러지게 말한 이는 다름 아닌 최유지였다.

그는 마치 개선장군처럼 가슴을 활짝 폈다.

그는 고개를 돌려 양석봉을 힐끔 바라봤다.

계략에 빠져 곤욕을 치르고는 있지만, 지식에서는 자신이 윗줄이라는 자신감을 담아 양석봉을 보고 있었다.

자신을 계략에 빠뜨린 것은 한빈이었지만, 그는 지금 양석봉을 머리로 생각하고 있었다.

아무리 생각해도 무가에서 온 이가 그런 계략을 세울 리는 없었다.

생각해 보면 내기를 부추긴 것도 양석봉이었다.

최유지의 분노는 모두 양석봉에게 향하고 있었다.

양석봉은 그를 눈에 담았다.

최유지는 항상 일등을 해야 적성이 풀리는 친구였다.

물론 강론의 일등은 누구나 원하는 자리였다.

유림 서원 수료 후 출세가 어느 정도 보장되기 때문이다.

제갈공려는 만족스러운 듯 부채로 탁자를 톡톡 쳤다.

"그래요, 최 유생. 잘했어요. 그럼 다음으로……."

제갈공려는 계속 질문을 던졌다.

이것이 그의 수업 방식이었다.

사실 병서에 대한 이런 수업 방식은 유생들에게는 조금 버거웠다.

하지만 그들은 그 어느 때보다 열성적으로 손을 들었다.

사실 여기에는 한 가지 이유가 있었다.

그것은 제갈공려의 미모 때문이었다.

나이는 들었지만, 그의 미모는 사그라지지 않았다.

거기에 제갈세가 특유의 지적인 분위기가 풀풀 풍겨 나왔다.

제갈공려도 뜻하지 않은 열정적인 수업 태도에 흡족한 듯 연신 미소를 피워 냈다.

사실 설화는 조금 황당했다.

이상하게도 설화에게 기회를 주지 않았다.

물론 이것은 제갈공려의 배려였다.

아는 사람이기에 설화와 청화를 배려한 것이다.

설화가 분위기를 파악하며 시간을 보낼 때, 제갈공려의 질문이 이어졌다.

"그럼 용도편에서 말한 장수가 승리하는 세 가지 방법을 말해 보아라."

갑자기 실내가 정적에 휩싸였다.

"……."

유생들은 서로의 얼굴을 바라봤다.

제갈공려의 질문 공세에 밑천이 다 떨어진 느낌이었다.

그러다가 모두의 시선이 한빈에게 모였다.

그것은 상한 떡을 던져 주는 의미였다.

자신들이 답하지 못하는 것은 한빈도 모를 것이라고 생각한 것이다.

하지만 한빈은 뭔가를 기다린다는 듯 팔짱을 끼고 있었다.

그때 누군가 손을 번쩍 들었다.

"제가 답해도 될까요?"

모두의 시선이 한빈에게서 손을 든 이에게 몰렸다.

한빈도 고개를 돌렸다.

그곳에는 설화가 눈을 빛내고 있었다.

제갈공려가 활짝 웃으며 설화를 가리켰다.

"이번 답은 설화 유생이 말해 보세요."

설화가 자리에서 일어났다.

낭중지추

　자리에서 일어난 설화가 말했다.

　"전쟁에 승리하기 위해서는 장군이 병사와 함께 추위와 더위, 힘든 일과 괴로운 일, 굶주림과 배부름을 함께해야 한다고 알고 있어요. 스승님."

　제갈공려의 입꼬리가 보기 좋게 올라갔다.

　설화를 바라보는 학생들의 시선은 제각각이었다.

　동경.

　질투.

　무관심.

　여러 감정이 뒤섞여 있었다.

　한빈은 그들의 표정을 눈에 담았다.

한빈은 관자놀이를 톡톡 치며 유생들이 자신을 싫어하는 이유를 하나 더 추가했다.

그것은 바로 질투라는 존재였다.

지금만큼은 설화는 다른 유생들의 자존심을 깎아내릴 만큼 똑똑한 시녀였다.

물론 우연은 아니었다.

그것은 설화의 노력이었다.

한빈이 설화와 청화에게만 일을 맡겨 놓고 그냥 처소에 있었을까?

한빈은 장유중 학장보다 유생과 시비들의 처소에 집중했었다.

한빈은 조용히 천장을 올려다보며 기분 좋게 웃었다.

이 웃음은 진심이었다.

전생에 자신을 대신해서 칼을 맞았던 아이에게 이제야 선물을 제대로 해 준 것 같았다.

지금의 대답을 보면 누가 전직 살수라 생각하겠는가!

한빈은 기분 좋게 용린검법을 바라봤다.

설화에게 뒤처지지 않으려면 빨리 '지(智)'의 구결을 늘려야 할 때였다.

그 모습을 보던 제갈공려는 살짝 눈매를 좁혔다.

설화가 저리 대답할 수 있는 것이 누구 때문인지 제갈공려는 알고 있었다.

제갈공려가 생각하기에 설화의 진정한 스승은 한빈이었다.

해탈한 고승처럼 허공을 바라보는 저 모습이란?

한 마리의 학이 고고하게 걸으며 땅에는 눈길조차 주지 않고 하늘만 바라보는 모습과도 같았다.

제갈공려는 조용히 입꼬리를 올렸다.

역시 제갈가의 은인이라 생각했다.

제갈가가 누군가에게 은혜를 입을 일은 없을 것이라고 생각했다.

은혜를 입는다면 그것 보통 인물이 아니어야 했다.

누구보다 고매한 성품을 가지고 있어야 했고.

누구보다 월등한 무공을 가지고 있어야 했다.

거기에 중원제일의 머리를 가지고 있어야 했다.

사실 제갈공려가 살짝 걱정하는 부분은 바로 한빈의 성품이었다.

제갈공려는 주먹을 불끈 쥐었다.

역시 자신의 눈이 틀리지 않았다고 확신했다.

제갈공명은 유비를 천하의 주인으로 만들려 했지만, 실패했다.

하지만 제갈공려는 한빈은 천하제일인으로 만드는 데 자신 있었다.

여기서 천하제일인이란?

무공만 천하제일이 아니었다.

모든 방면에서 천하제일을 의미했다.

과연 이런 일이 가능할까?

강호라는 이름이 생기고 이런 인물은 어디에도 없었다.

제갈공려는 힐끔 뒤를 돌아봤다.

그곳에는 장유중이 준 족자가 하나 놓여 있었다.

제갈공려는 한 가지 시험을 더 해 보기로 했다.

제갈공려는 족자를 펼쳤다.

좌르륵.

순간 유생들의 눈이 커졌다.

족자에는 여러 마리의 고양이가 그려져 있었다.

유생 하나가 족자를 가리켰다.

"앗, 저것도 선묘도라는 물건 아니야?"

"허, 진짜네. 선묘도가 하나가 아니었다니!"

"그럼 전부 가품 아니야?"

"에이, 경을 칠 소리 하지 말게. 황궁에서 온 물건을 가짜라고 하다가는 쥐도 새도 모르게 가는 수가 있어."

모두가 선묘도를 보고 한마디씩 내뱉었다.

그 모습에 제갈공려는 피식 웃었다.

선묘도라?

사실 이 선묘도는 제갈세가의 선조가 전전대 황제에게 바친 그림이었다.

선묘도가 나타내는 것은 어진 황제와 청렴한 관리라고 한다.

제갈공명이 그렸다는 말도 있고 진법의 천재였던 제갈무송이 그렸다는 말도 있다.

누가 그렸든, 제갈세가의 선조가 그린 것은 맞았다.

제갈세가에서 전전대 황제에게 이 그림을 진상한 이유는 한 가지였다.

그 당시 관리가 상상도 못 할 만큼 부패했다고 생각했기 때문이었다.

운인지 선묘도의 오묘함 때문인지는 몰라도 이 그림을 받은 전전대 황제는 그 후 선정을 베풀기 위해 노력했다.

다만 선묘도는 본래 형태를 잃어버렸다.

전전대 황제가 선묘도를 감상하기 위해 족자로 만들어 버린 것이다.

선묘도의 형태는 본래 스무 폭이나 되는 커다란 그림이었다.

황궁에 이 그림을 걸어 둘 장소가 없는 것은 아니지만, 선묘도를 보전하기 위해서 적당한 크기로 잘라서 족자로 만들었다고 한다.

뭐, 다른 소문에 의하면 전전대 황대가 자신의 침실에 걸어 두기 위해 불가피하게 족자로 만들었다는 얘기도 있다.

그 후 선묘도는 제갈세가에서도.

황궁에서도 잊힌 물건이 되었다.

제갈세가에서 전전대 황제에게 선묘도를 바쳤던 이유는 무엇일까?

전해 내려오는 이야기에 따르면 도탄에 빠진 중생을 구하는 그림이라고 해서였다.

제갈세가는 지금은 선묘도에 관심이 전혀 없었다.

전전대 황제에게 선묘도를 진상하면서 이 그림은 제갈세가의 손을 떠났기 때문이다.

거기에 더해 선묘도는 자신의 임무를 모두 완수하지 않았던가?

기나긴 세월이 흘러 선묘도의 일부가 제갈세가의 손에 들어왔다.

하지만 이것을 손에 들고 있을 생각은 없었다.

제갈공려는 이 선묘도를 유생들의 시험에 쓰기로 했다.

예상대로라면 한빈은 이 문제를 맞힐 수 없었다.

이것은 제갈세가의 사람만이 풀 수 있었다.

또한 이 문제는 욕심이 없어야 풀 수 있는 문제였다.

제갈세가의 사람들도 이 문제의 의미를 알기 때문에 풀 수 있는 것이지, 처음 접한 사람이라면 풀 수 없는 문제였다.

제갈공려는 한빈을 힐끔 보다가 이내 다른 유생들에게 시선을 돌렸다.

그녀는 웅성거리며 의견을 주고받는 유생들을 조용히 바

라봤다.

기분 좋은 표정을 지은 제갈공려가 자리에서 일어났다.

제갈공려는 손뼉을 치며 유생들의 시선을 모았다.

짝!

유생들의 시선이 모이자 제갈공려는 족자를 대들보에 걸었다.

족자가 완벽하게 펼쳐지자 학생들의 눈이 빛났다.

한빈도 기지개를 켜며 족자를 살폈다.

족자 안에는 신선처럼 생긴 거대한 고양이가 구름 위에서 아래를 내려다보고 있었다.

아래에는 빨간색, 노란색, 초록색, 남색 등 갖가지 색깔의 쥐가 놀고 있었다.

모두가 신기한 듯 족자를 바라보고 있을 때, 제갈공려가 말했다.

"이 그림은 선묘도라고 하지요."

"정말 선묘도란 말입니까? 지난번에도 선묘도가 있었는데……."

유생 하나가 고개를 갸웃하자 뒤쪽의 유생들도 자신의 의견을 뱉어 냈다.

"맞습니다. 지난번에도 선묘도라고 했습니다."

"혹시 이건 가짜인가요?"

유생들은 하나같이 신기하다는 듯 다시 물었다.

그 모습에 제갈공려가 흐뭇한 표정으로 입을 열었다.

"그것도 선묘도, 이것도 선묘도지요. 오늘의 마지막 문제는 이 족자에서 내겠습니다."

"……."

모두가 마른침을 삼키자 제갈공려가 말을 이었다.

"문제는 간단해요."

제갈공려는 유생들과 눈을 마주치다 마지막에는 한빈에게 시선을 고정했다.

그 상태로 조용히 말을 이었다.

"이 하얀 신선 고양이가 보이죠? 이 고양이가 아래에 있는 쥐 중에 어떤 것을 먹을 것인지를 맞히는 것이 이번 문제예요."

"……."

"맞히는 유생에게는 이 선묘도를 줄 테니 분발해 보세요. 단! 기회는 일인당 한 번이에요."

동시에 유생들의 눈이 위에 있는 신선 고양이와 아래에 있는 쥐를 번갈아 왕복했다.

모든 유생이 다급하게 머리를 굴렸다.

물론 최유지도 마찬가지였다.

최유지가 이렇게 필사적인 이유는 선묘도가 탐이 나서가 아니었다.

한빈과의 계약 때문이었다.

최유지는 힐끔 한빈을 바라보며 이를 악물었다.

선묘도를 찾아서 한빈에게 바치면 이번 주 할당량은 끝이 난다.

이 노예 계약이 유림 서원을 졸업할 때까지 이어진다고 생각하니 이가 갈렸다.

최유지는 자신을 따르는 유생들에게 신호를 보냈다.

동시에 그들은 최유지의 곁으로 몰려들었다.

최유지는 조용히 말을 이었다.

"다들 지금부터 내 말 잘 들어 보게."

"말해 보게, 최 유생."

"쥐가 일곱 마리니, 하나씩 찍으면 정답이 아니겠나? 지금은 누구 하나가 정답을 맞히는 것이 중요한 게 아닐세. 우리가 정답을 맞히는 게 중요할 뿐이지."

"오호, 자네는 천재일세."

"빈말은 됐고. 이제부터 시작해 보자고."

최유지의 지시에 따라 유생 무리는 각각 한 마리씩 찍기로 했다.

어찌 보면 합리적인 선택.

최유지는 허례허식보다는 실질적인 이익을 따지는 유생이었다.

옆에서 제갈공려가 보고 있다는 사실 따위는 중요하지 않았다.

정답을 맞혀서 목표를 쟁취하면 그만이었다.

그들이 작전을 짜는 모습을 본 설화는 입술을 질끈 깨물었다.

자신이 앞서 맞힌 정답은 쓸모가 없었다.

설화에게 중요한 것은 선묘도였다.

물론 한빈이 선묘도를 찾고 있지 않다면 그것은 그저 종이 쪼가리에 불과했다.

설화는 조용히 청화와 소군을 바라봤다.

그들처럼 찍기에는 머릿수가 부족했다.

설화가 자신도 모르게 한숨을 내쉬었다.

"휴."

"왜 그래요, 언니?"

"저 문제의 정답은 나도 모르겠어. 찍는 수밖에 없는데 우리는……."

"차라리 공자님께 물어보세요."

"공자님?"

설화는 조용히 한빈을 바라봤다.

한빈은 허공만을 바라보고 있었다.

과연 한빈은 정답을 알고 있을까?

설화는 정답을 가르쳐 달라는 눈빛으로 한빈을 바라봤다.

하지만 한빈은 눈도 마주치지 않고 허허롭게 허공을 바라보고 있었다.

아무래도 한빈도 정답을 모르는 것이 분명했다.

사실 한빈은 누가 정답을 맞히든 상관없었다.

누가 정답을 맞히든 선묘도는 자신의 손에 들어올 테니까!

그때 여기저기서 정답을 외치는 유생들의 아우성이 들려왔다.

"초록색입니다."

"빨간색……."

"남색이라고 생각합니다."

"……."

유생들은 계획대로 갖가지 대답을 쏟아 내었다.

모두가 답한 후 제갈공려는 한빈을 바라보며 턱짓했다.

"팽 유생은 어떻게 생각하죠?"

"저는 다른 유생들의 대답을 먼저 듣고 싶습니다, 학사님."

"오호."

제갈공려가 재미있다는 표정으로 주변을 둘러봤다.

모두는 마른침을 삼키고 있었다.

그 모습을 눈에 담은 제갈공려가 다시 말을 이었다.

"지금까지 정답을 맞힌 유생은 없습니다. 대답을 안 한 유생들에게 기회를 주도록 하죠."

"네? 그게 무슨 말씀입니까?"

유생 하나가 황당하다는 듯 묻자, 제갈공려가 은은한 미소와 함께 답했다.

"정답을 맞힌 유생이 없다고 했습니다."

"혹시 풀이 과정까지 말씀드려야 하나요?"

"풀이 과정은 필요 없어요. 그냥 정답만 맞히면 된답니다."

"저흰 모든 쥐를 다 찍었는데 어떻게 정답이 없을 수 있습니까? 학사님."

"왜 그럴까요? 그건 여러분이 생각해 봐야지요."

"……."

유생들은 침묵에 빠졌다.

대부분의 유생은 한 번의 기회를 썼다.

그때 최유지가 눈을 빛내며 자리에서 일어났다.

"저는 정답을 알 것 같습니다."

"오호, 말해 보세요."

"저 같으면 모든 쥐를 잡아먹을 것 같습니다."

"흠, 다른 유생과는 다른 독특한 대답이네요."

"감사합니다. 그럼 제가 정답……."

"미안하지만, 정답은 아니에요."

순간 소호각은 아수라장이 되어 버렸다.

"휴!"

"그럼 대체 정답이 뭐지?"

"아, 학사님께서 우리를 놀리시는 건가?"

여기저기서 한숨 소리가 터져 나왔으며 불만 섞인 목소리가 실내를 메웠다.

그때였다.

누군가 조용히 손을 들었다.

스윽.

제갈공려는 고개를 돌려 손을 든 이를 바라봤다.

제갈공려는 재미있다는 듯 입을 열었다.

"할 말 있나요? 청화 유생!"

청화에게 모두의 시선이 쏠렸다.

갑자기 다수의 시선을 받은 청화는 놀란 듯 눈을 크게 떴다.

청화의 그런 모습이 걱정된 설화가 속삭였다.

"청화야, 너 괜찮아?"

"저, 정답을 알 것 같아서요. 언니."

"그럼 당당하게 말해."

"틀릴까 봐요……."

"틀리면 어때!"

"틀리면 공자님의 명성에……."

청화는 살짝 말끝을 흐렸다.

이것은 청화의 진심이었다. 자신이 놀림을 받는 것은 상관없지만, 한빈에게 폐를 끼치는 것은 싫었다.

그때 제갈공려가 말을 이었다.

"편안히 말해 봐요, 청화 유생."

"……."

"상관없어요. 여기 명성이 쟁쟁한 다른 유생들도 다 틀린 문제니까. 틀려도 누구 하나 놀리지 않을 거예요."

제갈공려는 온화한 미소를 지었다.

사실 그녀는 속으로 놀라고 있었다.

암제와의 대결에서 청화가 어떤 활약을 보였는지 제갈공려는 똑똑히 확인했었다.

청화가 가진 독공으로 이 방에 있는 유생을 누른다면 당해 낼 자가 과연 있을까?

아마 살아서 나갈 자가 없을 것이다.

그런 청화가 저렇게 당황하고 있으니 상황이 재미있을 수밖에 없었다.

거기에 제갈공려는 청화의 학문적 지식을 대충은 파악하고 있었다.

청화의 수준에서는 풀 수 있는 문제가 아니었다.

제갈공려는 그저 청화의 입에서 나올 대답이 궁금할 뿐이었다.

모두의 시선을 받은 청화가 조심스럽게 입을 열었다.

"저라면 쥐를 안 먹을 것 같아요."

동시에 여기저기서 웅성대기 시작했다.

그것도 잠시, 청화는 아무렇지도 않게 말을 이었다.

"신선이 쥐를 잡아먹는다니, 이상하잖아요."

"오호, 왜 그리 생각하죠?"

"신선이 쥐를 잡아먹으면 미친 거죠. 즉, 더는 신선이 아니라는 얘기죠."

"네가 생각하는 근거가 그것뿐이니?"

제갈공려가 호기심 가득한 눈으로 청화를 바라봤다.

"근거는 또 하나가 있어요."

"편하게 말해 봐요."

"저걸 다 먹으면 하얀색으로 남아 있을까요?"

"하얀색으로 남아 있지 않으면요?"

"제가 독에 대해서 조금 아는데, 여러 색의 독을 섞으면 시커멓게 변하죠. 신선 고양이가 아무 쥐나 다 잡아먹었다면 흰색을 유지할 수 없을 거예요."

"오, 청화 유생이 대단한 의견을 제시했네요."

말을 마친 제갈공려는 활짝 웃으며 손뼉을 쳤다.

짝, 짝.

손뼉을 치던 제갈공려는 주위를 둘러봤다.

그러고는 조용히 말을 이었다.

"자, 그럼 청화 유생의 말에 반박할 사람은?"

그때 누군가 손을 들었다.

이번에 손을 든 자는 양석봉이었다.

"저는 청화 유생의 정답에 반박하고 싶습니다."

"말해 봐요, 양 유생."

"학사님께서 문제를 낼 때 전제가 한 가지 있었습니다. 그것은 신선 고양이가 과연 어떤 쥐를 먹겠냐는 것입니다. 그 전제에서 쥐를 안 먹겠다는 선택지는 없습니다."

"날카롭군요."

"그런 이유로 안 먹을 것이라는 정답은 무효라고 생각합니다."

양석봉의 말에 제갈공려가 고개를 끄덕였다.

순간 소호각의 유생들은 탄성을 질렀다.

"역시 양석봉이야."

"암, 그렇고말고."

그들의 탄성이 잦아들기도 전에 제갈공려가 말을 이었다.

"혹시 청화 유생은 반박할 근거가 있나요?"

"그, 그러니까……."

다시 말을 더듬는 청화.

옆에서 보던 설화가 그녀의 손을 꽉 잡아 주었다.

그 온기에 청화가 고개를 들었다.

반박하고 싶지만, 반박할 논리가 청화에게는 없었다.

청화는 조금 분했지만, 유생들과의 논리 싸움에서 이길 수는 없었다.

승복하는 것도 병법의 하나라 하지 않았던가!

청화는 승복하기 위해 고개를 끄덕이려 했다.

그때 한빈이 눈에 들어왔다.

순간 떠오르는 생각이 있었다.

"공자님께 배운 게 하나 있어요. 그것은 공(空)도 하나의 사물이라는 거예요. 고승들이 마음을 비웠을 때 득도했다고 하잖아요. 그것은 공을 얻어서 그런 거라고 말씀하셨어요. 그리고……."

청화는 끝없이 자기 생각을 털어놨다.

청화의 입은 마치 물레방아가 돌아가는 것 같았다.

마치 말을 막 시작한 어린아이 같은 모습이었다.

그 모습에 제갈공려의 눈이 한계까지 커졌다.

이것은 고승에게서나 들을 법한 공에 대한 강의였다.

아무것도 없다는 것을 나타내는 공을 이렇게 자세히 설명할 수 있는 사람이 무림에 있을까?

제갈공려는 청화에게 수준 높은 답변을 원한 것이 아니었다.

그저 청화가 어떤 대답을 할지 궁금했을 뿐이었다.

호기심에 듣고 있었는데 청화의 입에서는 수준 높은 답변이 술술 흘러나오고 있었다.

이것은 단순한 답변이 아닌 강의에 가까웠다.

그때 청화의 설명이 끝났다.

"……제 의견은 여기까지예요. 헤헤."

말을 마친 청화는 해맑게 웃었다.

그 웃음은 계속 이어지지 못했다.

주변을 살피던 청화는 바로 표정을 굳혔다.

모두가 묘한 표정으로 자신을 바라보고 있었기 때문이다.

마치 해서는 안 될 말을 한 것 같은 기분이 들었다.

"이건 제 생각이 아니라……. 공자님이 해 주신 말씀이에요. 왜 다들 그렇게 보세요?"

청화는 재빨리 손을 내저었다.

생각지도 못한 상황에 청화는 당황할 수밖에 없었다.

지금 청화가 말한 의견은 모두 한빈이 해 주었던 말이었다.

청화는 한빈의 설명 덕분에 자신이 공독지체라는 것을 쉽게 이해했다.

공이라는 것은 모든 것을 담을 수 있는 바가지라고 한빈은 설명했었다.

지금 청화가 한 설명은 공독지체를 설명한 것뿐이었다.

청화에게는 너무 당연한 이야기였다.

당연한 이야기를 했는데 모두의 표정이 이상하게 변했다는 것은?

혹시 너무 수준 낮은 이야기를 해서는 아닐까?

사실 청화가 이 정답을 맞힐 수 있었던 것은 정확한 논리 때문은 아니었다.

그저 욕심 없이 그림을 바라봤기 때문이었다.

아무 욕심 없이 정답을 맞힌 청화가 근거를 제시한다는 것은 어찌 보면 한계를 벗어나는 일이었다.

청화는 자신도 모르게 고개를 숙였다.

한빈에게 폐를 끼쳤다고 생각해서였다.

그때였다.

제갈공려가 손뼉을 쳤다.

짝, 짝.

청화는 그 소리에 고개를 들었다.

무슨 일인지 몰라 상황을 파악하던 청화의 눈이 한계까지 커졌다.

제갈공려가 손뼉을 치는 것을 멈췄는데도 박수 소리가 계속 들려왔기 때문이다.

짝, 짝, 짝.

내공이 담겨 있지는 않았지만, 그 소리는 묘하게 청화의 가슴을 울렸다.

청화는 고개를 돌려 다시 주변을 살폈다.

모두가 손뼉을 치며 청화를 바라보고 있었다.

순간 청화는 자신도 모르게 눈물을 글썽였다.

청화를 바라보던 제갈공려는 조용히 한빈을 바라봤다.

청화가 말한 공자라는 사람이 한빈 말고는 없을 것 같아서였다.

어느 정도 학문적인 수양이 있는 줄을 알았지만, 아무 기초도 없던 아이를 여기까지 끌어올리다니!

제갈공려는 할 말을 잃었다.

굳이 제갈세가가 나서서 그를 천하제일로 만들 필요가 없는 것은 아닐까?

제갈공려는 재빨리 표정을 수습했다.

지금은 이 상황을 정리하는 것이 먼저라고 생각했다.

뭐, 유생들 모두가 정답으로 인정하는 분위기였다.

사실 논리적인 근거가 없더라도 청화가 한 말은 정답이었다.

"청화 유생의 답은 이 문제에 있어서 통(通)입니다."

제갈공려의 말에 모두가 고개를 끄덕일 때, 누군가 손을 들고 일어났다.

"어떻게 저 시녀의 말이 정답이 될 수 있습니까?"

지금 일어난 자는 최유지였다.

그는 눈빛이 무기라도 되는 것처럼 날을 세우고 있었다.

최유지의 말에 제갈공려는 조용히 족자를 내린 다음 거꾸로 걸었다.

순간 모두의 눈이 커졌다.

거꾸로 거는 것만으로도 족자의 그림이 변한 것이다.

족자 속에는 검은 고양이 한 마리가 눈을 빛내고 있었다.

"이 그림은 보는 각도에 따라서 다른 그림으로 보이게 제작된 물건이지요. 선묘도의 다른 이름은 선악도(善惡圖)라고도 합니다."

"저는 인정 못 합니다."

"그럼 최유지 유생은 잠깐 남아야 하겠군요."

"제가 왜……."

"토론에 대한 자세가 조금 부족한 것 같아서요."

말을 마친 제갈공려는 들고 있던 학우선, 즉 그녀의 부채를 던졌다.

휙.

순간 그녀의 손을 떠난 부채가 소호각의 창문을 따라 허공을 누볐다.

그녀의 부채가 지나간 자리는 어김없이 창문이 닫혔다.

탁. 탁.

신기한 광경에 유생들이 입을 벌렸다.

"그러고 보니 제갈공려 학사님의 가문이……."

"그래, 천하 십대세가 중 한 곳인 제갈세가잖아."

그들은 이제야 눈앞에 있는 강사가 무림인이라는 것을 깨달았다.

그녀의 부채가 다시 돌아오기도 전에 최유지가 외쳤다.

"아, 아닙니다! 저도 인정합니다!"

그 말이 끝나자 마침 제갈공려의 부채가 제자리로 돌아왔다.

오른손에 든 부채로 얼굴을 한 번 부친 제갈공려가 다시 말을 이었다.

"모두 인정한다니 다행이군요. 이 그림이 속뜻을 맞힌 사

람은 이번이 처음이네요. 사실 제갈세가 말고 다른 사람이
이 그림의 참뜻을 맞힐 수 있을지는 몰랐어요. 이 그림은 어
떻게 하면 마음을 비울 수 있느냐 하는 것이 핵심이거든요.
그러니 마지막에 공에 대해 정확하게 의견을 제시한 청화 유
생에게 통을 줄 수밖에 없지 않나요?"

제갈공려는 빙긋 웃었다.

최유지는 고개를 숙였다.

표정을 숨기기 위해서였다.

고개를 숙인 최유지는 조용히 주변을 바라봤다.

모두는 아직도 청화에게 시선을 못 떼고 있었다.

최유지가 보기에는 그 시선들은 여러 감정을 담고 있었다.

부러움도 있지만, 질투라는 감정도 무시 못 할 만큼 담겨
있었다.

그때 최유지의 앞으로 제갈공려가 걸어갔다.

터벅터벅.

청화의 앞에 간 제갈공려가 족자를 건넸다.

그 모습을 바라보던 최유지는 고개를 갸웃했다.

모두가 부러운 듯 청화를 바라볼 때, 오직 한 명만이 허허
롭게 허공을 바라보고 있었다.

마치 지금의 강론도 자신과는 관계없다는 듯 말이다.

그를 본 최유지는 이를 부득 갈았다.

청화가 정답을 맞힌 것보다 자신과는 상관없다는 듯 허공

을 바라보는 한빈의 모습이 더 미웠다.

그렇게 생각하는 것은 최유지만이 아니었다.

점점 한빈을 보는 유생들이 많아졌다.

폭풍이 지나간 자리에 핀 한 송이 꽃처럼 아무렇지 않게 고개를 들고 어딘가를 바라보는 한빈.

그것을 바라보는 모두의 시선에 날이 서 있었다.

한빈은 과연 무엇을 보고 있을까?

[지(智) : 십(十)]

한빈은 놀라운 광경을 홀로 목격하고 있었다.

그것은 구(九)에서 머물렀던 지(智)의 구결이 늘어났기 때문이다.

막 늘어나기 시작한 구결의 숫자는 십(十)이 끝이 아니었다.

[지(智) : 십이(十二)]

숫자는 계속해서 늘어나고 있었다.

[지(智) : 십팔(十八)]

드디어 숫자가 멈췄다.

한빈은 올라가려는 입꼬리를 겨우 수습했다.

사실 지의 구결이 조금 정체되어 있었다.

한빈은 같은 사람에게는 지의 구결을 반복해서 획득할 수 없다는 사실을 깨달았다.

그 후 구결은 맨 처음 획득한 구에서 멈춰져 있었다.

그런데 오늘 한빈은 아무 일도 하지 않았는데 숫자가 늘어난 것이다.

한빈은 지금의 현상에 대해서 알 것 같았다.

자신의 지혜로 누르지 않아도 숫자가 올랐다는 것이 핵심이었다.

오늘 활약한 것은 설화와 청화였다.

모두 자신과 연결된 아이들이었다.

지금의 인과관계는 정확했다.

지의 구결이 늘어난 한빈이 내린 결론이기 때문이다.

여기까지 생각한 한빈은 지의 구결을 손쉽게 올릴 계획이 떠올랐다.

용린검법의 실력편에 대해 생각을 정리한 한빈은 주변을 바라봤다.

순간 한빈의 눈이 커졌다.

한빈을 바라보는 모두의 시선이 묘했기 때문이었다.

알 수 없는 감정이 자신을 향하고 있다는 느낌이었다.

한빈은 아무렇지 않게 모두에게 손을 흔들었다.

한빈이 손을 흔들자, 지켜보던 유생들은 재빨리 고개를 돌렸다.

아마도 껄끄러웠을 터.

오직 최유지만이 한빈의 눈빛을 피하지 않고 있었다.

마주하고 있긴 하지만, 최유지의 눈빛은 바람에 흔들리는 촛불과 같았다.

그의 시선은 한빈과 청화 사이를 오락가락하며 갈피를 못 잡고 있었다.

한빈은 그 시선에 별다른 반응을 하지 않았다.

그때 청화가 족자를 들고 뛰어왔다.

"공자님!"

"청화야, 수고했다."

"여기 선묘도 있어요. 저 잘했죠?"

청화는 칭찬을 바라는 강아지처럼 한빈을 바라봤다.

청화에게 꼬리가 있다면 아마도 마구 흔들 것 같은 분위기였다.

한빈은 기분 좋게 웃었다.

"그래, 오늘 네가 수고가 많았다. 그런데 아직 강의도 끝나지 않았는데 이렇게 달려오면 제갈 학사님의 꼴이 뭐가 되겠느냐?"

"아."

청화가 입을 벌리자 뒤쪽에서 제갈공려의 목소리가 들려왔다.

"나는 괜찮아요. 강론이라는 게 일방적인 강의가 아니니, 서로 얘기를 나눠도 괜찮아요."

그 목소리에 청화의 표정이 밝아졌다.

그 표정에 한빈도 웃었다.

"제갈 학사님이 넓은 아량으로 이해해 주셨으니 이제 자리로 돌아가야지."

"네, 공자님."

살짝 고개를 숙인 청화가 바로 자리로 돌아갔다.

유생들의 시선이 청화를 따라 이동하자, 한빈은 조용히 고개를 흔들었다.

지금 유생들의 시선은 꽤 복잡한 감정을 담고 있었다.

조금 전까지 보였던 경외심은 어디로 가고 그들의 눈빛에는 증오가 가득 담겨 있었다.

아마도 일개 시녀한테 무시당했다는 사실 때문일 것이다.

사실 한빈이 어이없어 하는 것은 한 가지 이유였다.

그것은 청화가 일개 시녀가 아니라는 점이었다.

관리들이 가장 두려워하는 문파는 과연 어느 곳일까?

백이면 백, 모두 사천당가를 꼽을 것이다.

무력으로 따지면 무당이나 소림을 꼽아야 한다.

그런데 그들은 왜 사천당가를 두려워하는 것일까?

바로 사천당가의 독문 무공이 독과 암기로 이루어져 있다는 점 때문이다.

독과 암기라면 눈에 띄지 않게 그들을 골로 보내는 건 일도 아니었다.

누구에게 당했는지, 언제 당했는지도 모르는 채로 말이다.

누가 그랬는지 모르는데 관무불가침이란 조항이 무슨 필요가 있단 말인가!

사천당가의 독이면 상대가 이유도 모른 채 시름시름 앓게만들 수도 있었다.

용한 의원이 온다고 해도 그것이 독이라는 것을 밝혀내지 못할 확률이 높았다.

거기에 더해 사천당가의 인물은 괴팍한 성격으로 그들에게 알려져 있었다.

이런 여러 이유로, 관리들은 대대로 사천당가를 두려워했다.

그들에게 있어 사천당가는 품에 안은 고슴도치였다.

평상시에는 괜찮다가도 언제라도 마음이 바뀌면 털을 곤두세워 자신의 가슴을 후벼 팔 수 있는 존재가 바로 사천당가였다.

뭐, 중앙 정계에 있는 관리들의 해법은 간단했다.

바로 사천당가를 친구로 만드는 것이었다.

그것이 바로 정치에 능한 관리들의 해결 방법이었다.

덕분에 중앙 정계에서 사천당가 출신의 관리들을 종종 볼수 있었다.

무림과는 상관없다는 듯 묵묵히 나라의 일을 하고 있지만, 은연중에 사천당가를 후원하기도 한다.

그런데 지금과 같이 증오와 멸시를 담아 사천당가의 직계를 바라본다라?

아마 그들이 청화의 정확한 신분을 안다면 뒷골이 서늘해질 터였다.

분위기가 이상해진 것을 제갈공려가 못 느낄 리 없었다.

유생들의 표정을 확인한 제갈공려가 헛기침했다.

"흠."

작지만 내공이 담겨 있는 소리였다.

내공이 담긴 헛기침은 바로 유생들의 고막을 자극했다.

작은 헛기침 한 번에 소호각의 내부는 쥐 죽은 듯 조용해졌다.

그 모습을 흡족하게 바라본 제갈공려가 말을 이었다.

"오늘 강의는 여기까지입니다."

"……."

하지만 답하는 이는 없었다.

내공이 담긴 헛기침 때문에 다들 놀란 분위기였다.

제갈공려는 화사하게 웃으며 말을 이었다.

"오늘 강론은 여기까지예요. 아쉽지만 제 밑천이 다 떨어졌네요."

말을 남긴 제갈공려는 조용히 소호각을 떠났다.

제갈공려가 사라지자 한빈은 조용히 설화와 청화 곁으로 다가갔다.

이제 소호각을 떠나야 할 때였다.

그때 날카로운 시선이 한빈에게 다시 꽂혔다.

한빈은 그 시선에 아랑곳하지 않고 턱짓했다.

"이제 돌아가자."

"네, 공자님."

"네."

설화와 청화가 동시에 답하고 옆에 있던 소군은 조용히 고개를 끄덕였다.

한빈도 돌아서 소호각을 빠져나왔다.

❧

소호각을 빠져나와 식당으로 걸어가던 한빈은 조용히 먼 산을 바라보며 눈을 가늘게 떴다.

뭔가 자신이 빼먹은 것 같아서였다.

지혜를 십팔까지 높였는데도 이렇게 찝찝한 게 있다는 것은, 아직도 지식의 수준이 한참 모자란다는 의미였다.

이런 기분이 들었던 것은 유생들의 신상을 모두 파악하고 나서였다.

유생들의 가문은 정파, 사파, 마교 그 어느 곳과도 연관이 없었다.

그리고 유생들의 생활도 비교적 깨끗한 편이다.

오만함이 하늘을 찌르지만, 망나니는 아니라는 말이었다.

그 결과를 눈으로 확인했다면 분명 마음이 더 편해야 했다.

그런데 계속 뭔가 빠뜨렸다는 느낌이 들었다.

강의 시간에 낸 문제에 대한 해답을 알아내는 것은 그리 어렵지 않았지만, 이 찝찝함을 해결해 줄 정답을 찾아내기에는 지혜가 모자란 것 같았다.

지혜를 나타내는 구결인 '지'를 어떻게 하면 한계까지 채울 수 있을까?

아마도 이런 강의가 지나가고 시간이 흐르면 자연스럽게 채울 수 있을 것 같았다.

문제는 찝찝함의 정체를 지금 알고 싶다는 점이었다.

그때 족자를 옆에 끼고 걸어가는 한빈의 옆으로 청화가 붙었다.

한빈을 빤히 바라보던 청화가 활짝 웃으며 물었다.

"공자님, 선묘도의 비밀을 알고 계셨죠?"

"그건 비밀이다, 청화야."

"에이, 그러지 말고 저한테만 가르쳐 주세요. 공자님은 제

스승이시잖아요."

그때였다.

설화가 청화의 소매를 잡아끌었다.

"청화야, 잠시만……."

"왜 그래요? 언니."

"지금 공자님께 여쭤보는 건 실례다."

"그게 무슨 말씀이에요?"

"지나가는 사람보고 한번 이렇게 물어봐."

"뭐라고요?"

"당신은 지금 숨을 쉬고 있냐고 말이다."

"에이, 그게 뭐예요? 숨을 안 쉬면 사람이 죽잖아요. 그런 건 지나가는 사람한테 물어볼 필요도 없잖아요."

"그래, 그런 건 물어볼 필요도 없는 거야. 지금 네가 공자님께 물어본 얘기는 똑같아."

"똑같다니요?"

"공자님은 당연히 모든 걸 알고 계시니까!"

"네?"

"공자님은 누가 나쁜 사람인지 누가 착한 사람인지, 그리고 누가 맞아야 할 사람인지까지 모두 알고 계시는 분이잖아. 그런데 선묘도의 비밀 따위를 모르고 계셨을 것 같아?"

"아, 듣고 보니 정말 그러네요."

청화는 한참을 입을 벌리고 있다가 뭔가 생각난 듯 재빨리 고개를 돌렸다.

청화의 시선이 향한 곳에는 한빈이 떨떠름한 표정으로 걸어가고 있었다.

사실 한빈은 지금 상황이 조금 황당했다.

자신이 세상의 일을 어찌 속속들이 안다는 말인가?

설화와 청화에게 자신이 어떻게 비쳤기에 저런 말이 나오는지 도대체 이해할 수 없었다.

그때 청화가 작게 고개를 숙였다.

"공자님, 죄송해요."

"뭔가 오해를 하고……."

한빈의 말이 끝나기도 전에 청화가 얼굴이 벌게져서는 손을 마구 내저었다.

"아니에요. 제가 너무 당연한 걸 물어봐서……."

"……."

한빈은 조용히 고개를 들어 하늘을 올려다봤다.

청화의 시선이 부담스러웠기 때문이다.

청화의 시선은 마치 현신한 관음보살을 마주하듯 경건했다.

그것도 잠시, 한빈은 뭔가 생각난 듯 말을 이었다.

"설화, 청화 그리고 소군. 모두에게 할 말이 있다."

"네, 경청할게요. 말씀하세요, 공자님."

설화가 대표로 말하고 옆에 있는 청화와 소군은 말없이 고개를 끄덕였다.

한빈은 계속 걸어가며 사람 좋은 얼굴로 입을 열었다.

"낭중지추라는 말이 있다."

"저도 알아요. 주머니 속의 송곳은 옷을 뚫고 삐져나온다
는 말이잖아요. 재능이 뛰어난 사람은 숨어 있어도 남들의
눈에 띄기 마련이라는 뜻이고요."

설화가 거침없이 답하자, 한빈이 고개를 끄덕였다.

"정확하구나. 설화가 공부를 많이 했구나."

"아니에요. 우리가 낭중지추라는 말씀을 하고 싶으신 거
죠?"

"뭐, 비슷하면서도 다르지. 내가 하고 싶은 말은 삐져나온
송곳을 본 사람들의 생각이 제각각이라는 거다. 송곳이 위험
하다고 생각하는 사람들은 과연 저 송곳을 어떻게 없앨까부
터 궁리하겠지."

"앗, 저희가 위험할까 봐……."

설화는 말끝을 흐리며 경외심 가득한 눈빛으로 한빈을 바
라봤다.

"비슷하다."

한빈이 빙긋 웃었다.

설화의 대답이 사실 반 정도는 맞았다.

정확히는 상대가 위험할까 봐서였다.

설화와 청화에게 해코지라도 하려는 유생이 있다면 과연
그 목숨이 남아날까?

청화뿐 아니라 설화도 사천당가 소속이었다.

설화는 당대제일의 독인인 당무천의 양손녀로 들어간 지 오래였다.

신분도 신분이지만, 뒤통수를 맞고 설화나 청화가 가만히 있을 인물이던가?

아마 관과 무림 사이에 피바람이 불지도 몰랐다.

거기에 한빈이 하고 싶은 말은 하나 더 있었다.

"강호 속담에 힘의 삼 할은 숨기라는 말이 있지."

"그거 삼 푼 아닌가요? 전부터 궁금했는데…….'

"너희는 강하니 삼 할로 하자."

"아, 그렇게 깊은 뜻이……. 감사해요, 공자님."

설화가 또 감격한 듯 포권하자 한빈이 미소로 답했다.

"아니다. 그럼 하던 얘기를 마저 하마. 강호와 마찬가지로 유림에서도 힘을 숨겨 놔야 위험할 때 쓸 수 있는 법이란다."

"그러고 보니 다 저희를 위해서 하시는 말씀이네요. 감사해요, 공자님."

"그런데 내가 있을 때는 숨기지 않아도 된다."

"그게 무슨 말씀이에요?"

"나라는 주머니는 송곳이 삐져나오지 않을 만큼 튼튼하니까 말이다."

"앗, 공자님."

설화가 감격한 표정으로 입을 막았다.

옆에 있던 청화도 입술을 질끈 깨문다.

소군은 주먹을 꽉 쥔 채 눈물을 글썽였다.

한빈은 조용히 앞서 걸어갔다.

한빈의 말은 진심이었다.

사실 무공이나 학문이나 자신의 밑천을 드러낼 필요는 없었다.

그때였다.

용린검법이 반짝이기 시작했다.

[……]

[지(智) : 이십(二十)]

숫자가 올라가더니 이십에서 멈췄다.

갑자기 두 개나 올라간 것이다.

한빈은 조용히 설화와 청화를 바라봤다.

설화와 청화는 격해진 감정을 주체 못 하고 눈물을 글썽이고 있었다.

아마도 이번에 들어온 구결은 설화와 청화로부터 온 것이 분명했다.

이런 게 바로 군중심리라는 것이었다.

옆을 보니 소군도 감정을 다스리지 못하며 울먹이고 있었다.

소군을 본 한빈은 피식 웃었다.

세 개가 아니라 두 개인 이유는 아마 소군이 지(智)의 구결을 품을 만큼 학문적으로 성장하지 않아서일 것이다.

그들을 보고 미소 짓던 한빈의 머릿속에 번개가 쳤다.

앞서 찝찝하다고 생각되었던 문제의 정답이 떠오른 것이다.

그것은 바로 유생들에 대한 전생의 기억이었다.

정확히 말하면 유생들에 대한 전생의 기억을 떠올린 것은 아니었다.

정작 머릿속이 명확해지고 나니 유생들에 대한 기억이 없다는 것이 문제였다.

전호후랑 (1)

　유생들에 대한 기억이 없다는 것이 왜 문제인지는 간단하
다.

　한빈이 누구던가?

　전생에 정의맹의 정보를 손에 쥐고 있던 귀검대의 대주였
다.

　한빈은 웬만한 관리라면 모두 기억하고 있었다.

　하다못해 촌구석의 현령까지도 말이다.

　지혜의 구결이 스무 개가 되자 기억이 완벽해진 것이다.

　하지만 소호각에 있던 유생들의 이름은 떠오르지 않았다.

　그 경우는 딱 한 가지였다.

　유생들이 관직에 나가지 못했다는 것이다.

유림 서원 출신의 유생이 관직에 나가지 못했다는 것이 말이 될까?

그것도 같은 기수의 유생이 모두 다 말이다.

바로 그것이 한빈이 느꼈던 찝찝함의 정체였다.

그때 어느새 한빈의 앞에 온 청화가 물었다.

"공자님, 왜 그러세요?"

"아무것도 아니다."

"이것도 비밀이죠?"

"비밀은 아니고 시간이 흘러야 풀릴 문제라서 그런다."

"시간이 흘러야 풀릴 문제요?"

"어떤 화공이 해변을 그리고 싶어 네게 물었다고 치자. 그런데 마침 밤이라서 해변에는 물이 가득 차 있지. 그런데 화공이 네게 해변을 설명해 달라고 한다면 어떻게 할 테냐?"

"흠, 아침에 봤던 해변의 모습을 설명해 줘야겠죠."

"그것도 좋은 방법이지만, 가장 좋은 방법은 해가 뜨고 물이 빠질 때를 기다려서 해변의 모습을 보여 주는 것이지."

"아."

청화가 탄성을 터뜨렸다.

뭔가 깨달음이라도 얻은 듯 눈도 깜빡이지 않은 채 석상이 되었다.

뒤쪽에 있던 설화가 달려와서 청화의 얼굴에 손을 내저었다.

미동도 없는 청화의 모습에, 설화가 다급하게 외쳤다.

"공자님, 청화가 깨달음을 얻으려고 하는 거 같아요!"

설화는 다급했다.

깨달음이라는 게 평생에 한 번도 오지 않는 무인도 부지기수다.

깨달음이란, 앞에 놓인 경지의 벽을 깨는 과정.

설화는 친동생과 같은 청화가 무아지경에 빠진 것 같아 보이자 다급해졌다.

반면 한빈은 조용히 청화를 바라볼 뿐이었다.

잠시 청화를 살피던 한빈이 입을 열었다.

"잠시만 기다려 보자."

"아무래도 호법을 서야 하는 거 아닌가요?"

"내가 보기에는 깨달음의 과정에 들어선 것 같지는 않은데."

한빈이 고개를 갸웃할 때였다.

청화가 한숨을 내쉬었다.

"휴, 뭔가 잡힐 듯한데 잡히지 않네요. 거기에 자꾸 몰입하다 보니 배가 고파서 갑자기 움직일 수가 없는 거예요. 깨달음은 아닌 것 같아요. 헤헤."

"아, 놀랐잖아."

설화가 눈매를 좁히자 청화가 웃었다.

"헤헤, 죄송해요. 언니."

"그러고 보니 공자님 말씀이…….'"

말끝을 흐린 설화가 재빨리 보따리를 풀었다.

"붓이 어디 있지?"

"언니, 왜 그래요?"

청화가 황당하다는 표정으로 묻자 설화가 붓을 찾아서 들고는 말했다.

"이런 건 적어 놔야지."

"저도 적을래요."

청화도 붓을 들었다.

그 모습을 보던 소군은 입술을 잘끈 깨물었다.

그러고는 게걸음으로 한빈에게 다가갔다.

"공자님, 저도 지금부터 공부할래요."

"갑자기 그게 무슨 소리지? 책이라면 다 이미 가지고 있지 않으냐?"

"그게 사실…….'"

소군은 손을 꼼지락거렸다.

그 모습에 한빈이 설마 하는 마음으로 물었다.

"혹시 그 책이 너무 어려워서 그러는 것이냐?"

"맞아요. 역시 공자님은 모든 것을 다 알고 계시네요."

"흠."

"사실 기억이 다 돌아오지 않았어요. 글자를 못 읽는 것은 아니지만, 사서삼경은 제게 너무 힘들어요. 소군이도 이제는 솔직해질래요."

"그래, 그럼 내가 천자문부터 시작해서 기초를 다질 책을 보내 달라 부탁해 놓으마."

"고, 고마워요. 공자님, 이제부터 저도 언니들처럼 밤새워서 공부할래요."

"설화와 청화가 밤을 새워서 공부했다고?"

"네, 원래는 번갈아 가면서 경계를 서다가 어느 순간부터 언니 둘 다 밤을 새워 서책을 보기 시작했어요. 소군이도 언니들을 본받을래요."

소군은 주먹을 불끈 쥐어 보였다.

이것은 소군의 진심이었다.

소군은 오늘 소호각에서 살짝 불안한 마음이 들었다.

그것은 자신이 이들 일행에게 필요가 있을까 하는 의심 때문이었다.

무공에서 학문까지 모든 것이 완벽한 한빈과 그에 버금가는 두 명이었다.

자신이 비집고 들어갈 틈이 없었다.

소군은 이러다가는 버림받을지도 모른다고 생각했다.

소군이 보기에 몸을 피할 수 있는 가장 안전한 곳은 바로 한빈의 곁이었다.

여기에서 버림받는다면 목숨이 위험할지도 몰랐다.

한빈의 옆에서 버티려면 노력하는 수밖에 없었다.

소군은 결심한 듯 입술을 앙다물었다.

그 모습을 본 한빈은 고개를 갸웃했다.

갑자기 비장한 표정을 짓는 소군이 이해가 안 되었다.

한빈은 그저 말없이 고개를 끄덕여 줄 수밖에 없었다.

잠시 소군을 살피던 한빈은 고개를 돌렸다.

그곳에는 설화가 종이 위에 조그마한 붓으로 방금 한빈이 한 말을 열심히 옮겨 적고 있었다.

그들을 바라보던 한빈은 방금 소군이 한 말을 떠올렸다.

잠시도 쉬지 않고 서책을 봤다니!

어쩐지 그들로부터 지의 구결이 들어왔다 싶더니, 다 이유가 있었다.

자세히 보니 눈도 벌게져 있었다.

감정이 격해진 탓도 있겠지만, 피로가 쌓인 것 같았다.

한빈은 품 안에서 푸른 대나무 통을 꺼냈다.

조심스럽게 대나무 통의 뚜껑을 열자, 청아한 향기가 사방으로 퍼져 나갔다.

덕분에 붓을 놀리던 설화와 청화도 손을 멈추고 고개를 들었다.

이 청아한 향기의 정체는 대나무 통에 담긴 약이었다.

약의 이름은 극양단으로, 천수장의 특제 단약이라고 보면 되었다.

극양지기를 담은 천수장의 무를 백 일 동안 말려 그것을 각종 약제와 함께 섞은 환약이었다.

극양지기를 한계까지 담은 무는 천년하수오에 버금갈 만한 약효가 있었다.

어찌 보면 저잣거리에 나뒹구는 환약이라 생각할 자도 있겠지만, 극양단 한 알이면 죽어 가던 소도 벌떡 일으켜 세울 수 있었다.

극양단은 설화와 청화도 잘 모르는 약이었다.

이번에 천수장에 들러서 극양지기를 한계까지 품은 무를 손에 넣은 덕분에 만들 수 있던 환약이었다.

물론 한빈이 직접 만든 것은 아니었다.

천수장의 전속 의원인 장자명이 고심 끝에 완성한 단약이었다.

한빈이 꺼낸 대나무 통을 본 설화가 눈을 반짝였다.

"공자님, 그게 뭐예요?"

"이건 너희의 공부를 도와줄 총명단이란다."

"총명단이요?"

"이름만 들어도 입맛이 당기지?"

한빈이 대나무 통을 들자 모두가 눈을 빛냈다.

한빈은 그중 세 알을 꺼내 손가락으로 튕겼다.

극양단은 백발백중의 효용을 담고 셋에게 날아갔다.

휙. 휙. 휙.

설화와 청화는 날아오는 극양단을 부드럽게 낚아챘고 소

군은 날아오는 극양단을 보며 멍하니 입을 벌렸다.

순간 극양단이 소군의 입 속으로 들어갔다.

소군은 본능적으로 뱉어 내려 했다.

하지만 한빈이 백발백중의 효용을 담아 날린 환약은 목구멍으로 정확하게 넘어갔다.

"켁."

뱉으려 했지만, 바로 환약은 바로 식도를 타고 넘어가며 녹아들었다.

당황하는 소군의 등을 설화가 두드렸다.

설화는 한 손으로 소군의 등을 두드리며 한 손으로는 환약을 입 속에 넣었다.

소군은 그 모습에 뱉어 내려던 동작을 멈췄다.

갑자기 환약이 날아오자 의심했지만, 설화가 먹는 것을 보고 의심은 봄날 눈 녹듯 사라졌다.

그것도 잠시, 소군의 눈이 한계까지 커졌다.

갑자기 온몸에 힘이 솟아났기 때문이다.

살짝 감겨 오던 눈은 언제 그랬냐는 듯 초롱초롱해졌으며 마음마저 평온해졌다.

정확히 기억이 떠오르지는 않지만, 그 어떤 영약보다도 효과가 탁월하다고 몸이 말해 주고 있었다.

이건 구대문파의 대표 영단에 버금가는 것 같았다.

물론 소군이 그것들을 먹어 본 기억은 없었다.

단지 몸이 그렇게 외치고 있을 뿐이었다.

소군은 자신의 출신이 천마신교라는 것도 잠시 잊은 채 한빈을 바라봤다.

한빈은 정말 아낌없이 주는 나무였다.

문파의 몇 개월 운용비에 버금갈 만한 영단을 일개 시녀한테 준다고?

이것은 불가능한 일이었다.

한빈은 관음보살의 현신이 맞았다.

소군은 한빈을 바라보며 두 손을 모았다.

이제부터 소군은 한빈을 믿기로 했다.

조금 전까지 한빈을 믿지 못했던 자신이 부끄러워졌다.

그때 설화가 조심스럽게 한빈에게 물었다.

"공자님, 이런 걸 막 써도 돼요? 총명단이 아니라 영약 같은데요."

"뭐, 공부에 도움만 되면 됐지."

"이거 귀한 거 아니에요?"

"그것도 비밀이다."

"아, 저희에게 부담을 안 주시려고……."

설화가 말끝을 흐리자 뒤쪽의 소군도 고개를 끄덕였다.

소군의 눈빛은 점점 강렬해졌다.

물론 청화도 마찬가지였다.

그들의 눈빛을 뒤로한 채 한빈은 다시 앞으로 나아갔다.

사실 효과가 뛰어난 천수장의 특제 약은 맞았다.

하지만 귀한 것은 아니었다.

천수장에서 남는 것이 극양지기를 빨아들인 무가 아니던가?

다만 손이 가는 바람에, 하루에 스무 알 정도밖에는 만들지 못한다는 것이 흠이었다.

하루에 스무 알이면 백 일이면 천 알 정도가 나온다.

한빈이 천수장에 복귀할 때쯤에는 어느 정도가 쌓여 있을지 감도 잡히지 않는다.

그때까지 장자명이 쉬지 않고 극양단을 만들고 있을 테니까.

저녁 식사가 끝난 식당의 뒤뜰.

소호각의 강론에 참여했던 유생들이 그곳에 모여 있었다.

물론 한빈 일행과 양석봉은 빠져 있었다.

한눈에 보기에도 최유지가 주축이 된 유생의 모임이었다.

그들은 모두가 서로의 눈치를 보고 있었다.

할 말이 있는 듯 눈을 끔벅였지만, 정작 입술은 떨어지지 않고 있었다.

최유지도 마찬가지였다.

그들은 눈치를 볼 뿐 먼저 목소리를 내지는 않았다.

그러던 중 유생 하나가 최유지의 앞으로 걸어갔다.

그 유생은 잠시 최유지를 바라보다가 한숨을 한 움큼 뱉어냈다.

"휴우."

"홍금호 유생, 할 말이 있으면 해 보게. 괜히 뜸 들이지 말고."

최유지는 홍금호를 바라봤다.

홍금호는 유생 중에도 튀는 외모를 가지고 있었다.

퉁퉁한 체격에 하얀 얼굴.

걷지도 못할 만큼 체력은 부실해 보였다.

오직 서책만을 잡고 방 밖으로 나오지 않았기에 체격과 외모가 바뀐 것이었다.

어찌 보면 평균 밑의 외모였지만, 그를 무시하는 유생은 없었다.

그는 최유지와 양석봉의 뒤를 잇는 유생이었다.

집안 차이는 크지만, 홍금호의 존재는 무시할 수 없었다.

홍금호는 이인자 중에서도 가장 학식이 뛰어난 유생이었다.

사실, 그가 최유지 쪽으로 붙으면서 유생이 하나로 뭉칠 수 있었다.

그런 홍금호의 존재를 최유지도 무시할 수 없었다.

시선을 받은 홍금호가 말을 이었다.

"내 솔직히 물어보겠네. 혹시 양석봉과 짰는가?"

"그게 무슨 말인가?"

"생각해 보게. 내가 알기로 팽한빈이라는 작자는 하북팽가의 직계일세. 그것도 눈 밖에 난 볼품없는 자로 알고 있네."

이것은 한빈의 활약이 아직 유림 쪽에는 흘러 들어가지 않았기 때문에 생긴 오해였다.

"흠."

최유지의 눈썹이 꿈틀댔다.

'팽'이라는 성씨만 들어도 치가 떨리는 그였다.

최유지도 홍금호의 말은 익히 들어서 알고 있었다.

하북팽가의 사 공자라지만, 무가의 사람이라고 하기에는 변변한 무공조차 없었다.

뭐, 무가 쪽 소식은 모른다고 하더라도, 저 정도 학식이라면 하북에서 튀어도 진작에 튀었어야 정상이었다.

그런데 하필 유림 서원에 와서 그 재능을 드러낸다고?

아니, 그뿐 아니라 그의 시녀까지 낭중지추의 모습으로 세상에 학식을 드러낸다?

이런 우연은 말이 안 되었다.

최유지는 미간을 좁혔다.

세상에 원인이 없는 결과가 어디 있단 말인가?

최유지는 지금 일어나는 모든 일이 비정상적이라고 판단

했다.

항상 결과에는 납득할 만한 원인이 있기 마련이었다.

원인을 찾는 것은 포졸들만의 일이 아니다.

원인에 대한 규명은 학문을 연구하는 자의 본분이었다.

최유지도 그런 시각으로 상대를 바라봤다.

문제는 아무리 생각해도 정답을 찾을 수 없다는 점이다.

그때 홍금호가 입을 열었다.

"자네가 없을 때 우리는 조용히 상의했다네. 그리고 자네가 양석봉과 짜고 우리를 물 먹이려는 상황이 아니고서는 이해할 수 없다는 결론을 내렸네."

"흠, 나를 의심하는 건가?"

"정황상 그게 아니고는 설명이 되지 않네. 팽한빈은 무림인이 아니던가? 그런데 그런 자가 우리를 머리로 옭아 넣는다고? 말해 보게, 그게 가능한 일인지. 백번 양보해서 그 무가가 제갈세가나 모용세가라면 이해할 것일세. 그런데 하북팽가일세, 하북팽가."

홍금호는 유난히 하북팽가라는 말에 힘을 주었다.

그 말에 최유지는 한숨을 내쉬었다.

"휴……. 그건 나도 의문일세. 나는 솔직히 양석봉이 나를 속였다고 생각하네."

"양석봉이라……. 자네가 그렇게 말해도 이해가 안 가는 부분이 하나 있네. 그건 바로 일개 시녀가 어떻게 유무일체

론을 꿰차고 있냐는 것일세."

"흠."

최유지가 눈을 가늘게 뜨자 홍금호가 말을 이었다.

"공(空) 자체가 본질이라는 것은 유(有)와 무(無)가 분리되지 않고 하나라는 뜻과 상통하지 않는가? 그걸 족자로 낸 문제에 접목시킨다는 것은 시녀가 아니라 유명한 문사 가문의 여식이라는 뜻일세."

홍금호의 말에 모든 유생이 고개를 끄덕였다.

물론 이것은 유생들의 착각이었다.

그들의 눈빛에 최유지는 고개를 흔들었다.

"문사의 집안이라고? 그건 말이 안 되네. 뭐가 아쉽다고 문사 집안의 여식이 하북팽가에 시녀로 들어가겠나?"

"말이 안 된다고? 그런데 왜 이런 결과가 일어났는가? 하북팽가에서 온 무인과 계약서를 쓰는 것도 모자라 이제는 학문에서 시녀에게 밀린다고?"

"자, 진정하게!"

"어떻게 진정하나? 우린 자네를 믿고 따르고 있네. 관직에 나가서도 자네의 편에 설 것이고……."

"내가 책임지겠네."

"어떻게 책임진다는 말인가?"

"가문의 힘과 내 머리를 모두 쥐어 짜내서 그들을 몰아낼 것일세."

"믿어도 되겠는가?"

"나를 못 믿으면 누굴 믿겠나? 우리 가문이 어디인지를 잊었나? 산서의 최씨 가문일세."

"대체 어떻게 그들을 쫓아낼 텐가?"

"돈과 권력으로 안 되는 일이 있던가?"

"……."

"내가 팽가 놈에게 몇 번 당했다고 나를 물로 보는군. 내가 누군지 잊었나 보네. 나 최유지일세, 최유지."

최유지가 눈을 빛냈다.

마치 무인의 눈빛처럼 날카로움이 묻어 나왔다.

그의 기세에 홍금호가 본능적으로 고개를 끄덕였다.

"알았네."

고개를 끄덕이던 그가 옆을 힐끔 바라봤다.

그곳에는 일꾼으로 보이는 노인 하나와 노파 하나가 빗자루로 열심히 바닥을 쓸고 있었다.

노인과 노파 모두 등은 굽어 있었으며, 빗자루를 든 두 팔은 축 늘어져 있었다.

그들을 본 홍금호가 헛기침하자 최유지가 피식 웃었다.

"저들에게는 미안하지만, 저들은 귀가 어두워 우리의 말을 못 알아듣는다네. 은퇴를 앞둔 노새라고 보면 되지."

"그건 다행이군."

"뭐, 조심해서 나쁠 건 없으니 우리는 이만 슬슬 돌아가 보세."

"알았네."

홍금호가 고개를 끄덕였다.

그 말을 마지막으로 유생들은 썰물처럼 빠져나갔다.

그들이 빠져나가자 일꾼 중 노인이 그들을 향해 굽신거렸
다.

노파는 그들이 지나가는지도 모른 채 빗자루로 바닥을 쓸
었다.

쓰르륵.

노파는 눈까지 안 보이는지 빗자루 최유지의 다리를 쓸었
다.

최유지는 미간을 좁히며 노파를 바라봤다.

그는 노파에게 신경질을 내는 대신 혀를 찼다.

"쯧쯧, 안됐구나."

최유지를 마지막으로 유생들이 모두 빠져나갔다.

유생들이 모두 사라지자 노파의 등이 살짝 펴졌다.

그것도 잠시, 주변을 확인한 노파는 등을 꼿꼿이 폈다.

노파의 눈빛에는 서늘할 정도의 한기가 서려 있었다.

노인 역시 눈을 빛내며 등을 꼿꼿이 폈다.

노인의 눈은 노파와는 반대로 태양처럼 붉게 빛났다.

꼬리를 드러내며 사라지는 붉은 노을만큼이나.

그들은 잠시 서로를 바라봤다.

한참을 말없이 바라보던 노인이 입을 열었다.

"저놈들 목을 부러뜨리고 싶습니다, 대주."

"아서라. 재롱 좀 부리겠다는데 그냥 내버려 둬. 대신!"

"명을 내리십시오, 대주."

"재롱을 조금 더 재미있게 보려면 판은 깔아 줘야지."

"계획을 앞당기란 말인가요? 대주."

"일이 앞당겨졌다고 신호가 왔더구나."

노파는 검지를 들어 어딘가를 가리켰다.

그가 가리키는 곳은 유림 서원에서 한참 떨어진 산이었다.

그 산을 보던 노인의 눈이 커졌다.

"저, 저건⋯⋯."

그곳은 나무밖에 없어 보였지만, 자세히 보면 나무의 색이 조금 달랐다.

멀리 있는 산의 중턱에는 붉은색 나무가 일렬로 늘어서 있었다.

누군가 나뭇잎의 색을 바꾸어 신호를 보내고 있는 것이다.

나무가 나타내는 숫자는 누가 봐도 '일(一)'이었다.

붉은색 나무가 일렬로 쭉 늘어서 있기에 몰라볼 수가 없는 숫자였다.

노파가 피식 웃으며 말을 이었다.

"그래, 이제 때가 된 게지. 지겹던 이곳의 생활도 이제는 끝이다."

"그렇군요. 이제 조금만 참으면 집으로 돌아갈 수 있겠군요."

노인이 붉은색 눈을 빛내며 활짝 웃었다.

순간 노파의 주름이 짙어졌다.

"표정 관리하라니까. 변장의 기본은 일관성이라는 것을 잊었나?"

노파는 눈을 가늘게 뜨고 노인을 노려봤다.

변장에서 가장 중요한 것은 행동의 일관성이었다.

행동에는 당연히 목소리와 표정 관리도 들어간다.

노인은 당황한 표정으로 다급하게 손을 저었다.

"죄송합니다. ……그런데 말입니다."

"또 뭐가 문제지?"

"저놈들이 해코지하려는 유생 말입니다."

"하북팽가에서 왔다는 유생 말인가? 그 유생이 뭐가 문제지? 내가 보기에는 약해 빠진 유생들과 별 차이가 없던데."

"네, 그 유생이야 별 볼 일 없다는 건 이미 알고 있습니다. 그런데 그 시녀들이 심상치 않은 것 같습니다."

"그래, 그건 나도 느끼고 있으니 염려하지 않아도 된다."

"시녀들의 무공도 무공이지만……. 그중 하나가 눈에 익은 것 같아서 하는 말입니다."

"누굴 말하는 거지?"

"가장 어린 시녀를 어디선가 본 듯합니다."

"어린 시녀라⋯⋯."

"네, 열 살 정도로 보이는 그 시녀 말입니다. 소⋯⋯ 뭐라고 했더라?"

"그건 착각인 게지. 우리가 유림 서원에 들어온 지 벌써 오년이야. 그런데 어떻게 그 어린아이와 안면이 있을 수 있다는 거지?"

"생각해 보니 그것도 그렇군요, 대주."

"쉿."

노파가 입술에 손을 대자 노인은 재빨리 허리를 굽히고 빗자루를 다시 잡았다.

노파도 어느새 비질을 하고 있었다.

쓰윽. 쓰윽.

꼿꼿이 세웠던 그들의 허리는 축 늘어졌고 비질을 하는 그들의 팔은 힘이 하나도 없어 보였다.

그들은 그렇게 아무도 없는 뒤뜰에서 비질을 했다.

그때였다.

멀리서 누군가 걸어왔다.

터벅터벅.

노인과 노파는 상대의 기척을 못 들은 척 묵묵히 자신의 일만 수행했다.

발소리가 멈추고 상대의 목소리가 들려왔다.

"수고 많으세요, 할머니."

"……."

"이거 드실래요?"

"……."

"귀가 잘 들리지 않나 보네요, 할머니."

"……."

상대는 쉬지 않고 말을 걸었다.

노파는 못 들은 척 고개를 숙인 채 비질에 전념했다.

상대는 생각보다 끈질겼다.

이쯤 되면 지쳐서 지나갈 법한데 끝없이 말을 걸어왔다.

그렇다고 고개를 들고 말을 받아 줄 수는 없었다.

조금 전 말한 대로 변장에서 가장 중요한 점은 행동의 일
관성이었다.

여기서 갑자기 고개를 든다면 상대는 노파를 의심할 수밖
에 없었다.

그것이 노파의 생각이었다.

계속 말을 걸어오는 상대 때문에 노파의 인내심이 극에 달
했을 때였다.

노파의 눈앞에 뭔가 빠르게 다가왔다.

쓱.

순간 노파의 손이 움찔했다.

기세는 없었지만 그 움직임이 은밀했으며, 빠르지는 않았지만 위협적인 공격이었다.

노파는 이를 악물고 움직이려는 손을 멈췄다.

이곳이 유림 서원임을 떠올린 것이다.

유림 서원에서는 그 어떤 유혈 사태도 일어날 수 없었다.

사건을 일으킬 만한 인물은 오직 자신밖에 없음을 노파는 알고 있었다.

그때 눈앞으로 짓쳐들어오던 물건이 멈췄다.

달콤한 향기가 코끝을 간지럽혔다.

노파는 그제야 고개를 들었다.

그곳에는 앳돼 보이는 여자 하나가 어색하게 웃고 있었다.

가만히 보니 하북팽가에서 왔다는 유생의 시녀였다.

노파가 빤히 바라보자 시녀가 미안한 표정으로 말했다.

"놀라게 해 드렸다면 죄송해요."

"무, 무슨 일인가요?"

"이거 드시라고요."

시녀는 꼬치를 노파의 손에 쥐여 주고는 자리에서 사라졌다.

노파는 그녀가 사라진 자리를 멍하니 보고 있었다.

그때 노인이 조심스럽게 물었다.

"그게 뭡니까? 대주."

"보면 모르느냐? 당과 아니냐?"

"그러니까요. 왜 당과를 주고 갑니까?"

"그야 나도 모르지."

"그 당과……. 제가 한번 먹어 봐도 되겠습니까?"

"됐다."

말을 마친 노파는 허리를 굽힌 채 당과를 베어 물었다.

그 모습을 바라보던 노인은 입맛을 쩝쩝 다셨다.

당과를 다 먹은 노인이 나지막이 말을 이었다.

"계획을 살짝 바꿔야겠다."

"계획을 바꾸다니요?"

"아주 살짝만……."

노파의 눈이 그 어느 때보다 빛났다.

❧

일주일 후, 한빈의 처소.

오늘도 어김없이 한빈의 방에는 설화와 청화가 찾아왔다.

그녀들은 한빈에게 유림 서원에서 있었던 일을 보고하는 중이었다.

보고가 끝나자 한빈이 물었다.

"수상한 점은 없다는 거지?"

"네, 수상한 점은 없었어요."

그때 청화가 조심스럽게 끼어들었다.

"공자님, 언니가 수상해요."

"그게 무슨 말이지?"

한빈이 눈을 가늘게 뜨자 청화가 말을 이었다.

"다른 건 아니고 언니가 서원을 청소하는 일꾼한테 자꾸 당과를 갖다줘요."

"그게 뭐가 수상해?"

설화가 황당하다는 듯 묻자 청화가 씩 웃었다.

"언니가 당과를 양보한다는 게 이상하잖아요."

"빗자루도 겨우 잡고 있는데 안타깝잖아. 그리고 그거 공자님이 가져다주라고 한 거야."

"공자님이요?"

청화가 고개를 갸웃할 때였다.

누군가 문을 두드렸다.

똑. 똑.

그 소리에 한빈이 말했다.

"들어오시죠, 최 유생."

순간 문이 열리고 최유지가 들어왔다.

한빈의 앞에 선 최유지는 기분 좋은 얼굴로 고개를 살짝 숙였다.

"잘 지내셨습니까?"

"네, 저야 잘 지냈습니다. 그런데 무슨 일이시죠?"

"오늘 밤에 유림 서원의 전통인 죽림칠회가 있습니다. 잊지 않으셨나 하고요."

"네, 잊지 않았습니다."

한빈은 고개를 끄덕였다.

죽림칠회는 한빈도 익히 알고 있는 유림 서원의 전통이었다.

죽림칠회는 유림 서원의 명물인 대나무 숲에서 열리는 문장 대회.

그곳에서 그들은 서로의 문장을 겨룬다.

그중 가장 탁월한 일곱 개의 문장을 고르는 절차가 바로 죽림칠회였다.

음주가 금지된 유림 서원이지만, 이날만큼은 시를 읊으며 술에 취할 수 있었다.

최유지가 조심스럽게 한빈의 표정을 살피더니 말을 이었다.

"부탁 하나 드려도 되겠습니까??"

최유지의 물음에 한빈이 사람 좋은 얼굴로 고개를 끄덕였다.

"말씀하시지요, 최 유생."

"오늘 연회에서는 흥을 돋우고자 가문에서 가져온 술을 한 병씩 가져오기로 했습니다."

"술이라……. 술은 이미 서원에 반납하지 않았습니까?"

"왜 그러십니까? 몰래 가져온 술이 한 병 정도는 있지 않습니까?"

"뭐, 있긴 하지만……."

한빈이 떨떠름한 표정을 짓자 최유지가 황급히 뒤로 물러나며 말을 이었다.

"그냥 형식적인 거니 아무 술이나 들고 오셔도 좋습니다."

"네, 그러지요."

한빈은 그제야 고개를 끄덕였다.

"그럼 두 시진 뒤에 뵙겠습니다. 서로 마음을 터놓는 자리가 되었으면 합니다. 하하."

최유지가 안심한 듯 어색하게 웃었다.

그 웃음에 한빈도 지그시 미소를 지었다.

그 후 차 한 잔을 마신 최유지가 자리에서 떠났다.

방을 나간 최유지는 연신 헛기침을 해 대며 점점 멀어져 갔다.

그의 기척이 사라지자 뒤쪽에서 서책을 보던 소군이 조용히 다가왔다.

"공자님, 저 사람 말이에요. 왠지 수상한데요."

"하하, 네 눈에도 그리 보였구나. 그런데 어디가 그렇게 수상했지?"

"딱 봐도 억지로 웃고 있잖아요. 많이 부자연스러워요."

"하하, 소군이가 눈썰미가 좋구나."

한빈이 소군의 머리를 쓰다듬었다.

순간 소군이 감격한 듯 입술을 앙다문다.

그 모습에 옆에서 지켜보던 설화가 피식 웃었다.

"우리 소군이가 많이 컸네."

"원래 컸거든요, 언니."

소군이 토라진 듯한 표정으로 서책을 들었다.

누가 본다면 평범한 문사 집안의 일상으로 보일 것이 분명했다.

한빈은 흡족한 표정으로 그 모습을 눈에 담았다.

식사를 마친 유생들은 죽림칠회가 열리는 만월경(滿月鏡)으로 향했다.

만월경이란 유림 서원의 명물 중 하나였다.

만월경은 동그란 연못이었는데, 그 주변으로는 대나무숲이 둘러싸고 있었다.

재미있는 것은 동그란 연못의 한가운데에 있는 바위였다.

하얀색 바위가 정확하게 연못의 중앙에 자리 잡은 모습은 화룡점정(畫龍點睛)이라는 말을 떠올리게 했다.

맑디맑은 물에 그보다 더 순수하게 보이는 흰색의 점 하나를 찍어 놓은 모습.

그 모습을 위에서 본다면 거울 속에 달이 떠 있는 듯한 착각을 할 수밖에 없었다.

덕분에 이 연못은 만월경이란 이름으로 불리게 되었다.

"……그게 만월경의 유래지. 이백이 물에 비친 달을 향해 손을 뻗었다는 것도 알고 보면 여기라고 하지."

한빈은 나란히 걷고 있는 설화와 청화에게 설명을 마쳤다.

설화가 눈을 크게 뜨고 물었다.

"공자님은 대체 그런 걸 어떻게 아신 거예요?"

"누군가가 전해 줬다."

이건 전생의 기억을 통해서 안 것이 아니었다.

만향각의 금미랑이 전해 준 이야기였다.

이곳 군자현의 하오문 책임자인 금미랑의 정보는 생각보다 방대했다.

이곳에 새로 생긴 화장실까지 모두 파악하고 있으니 말이다.

"누가요?"

"그러니까……."

한빈이 답하려는데 고개를 삐죽 내밀었다.

"언니!"

"앗, 깜짝이야. 갑자기 왜 그래?"

"언니가 그러셨잖아요."

"내가 뭐라고?"

"공자님은 모든 걸 다 알고 계시니, 묻는 건 예의가 아니라고요."

"아."

설화는 턱이 빠질 정도로 입을 벌렸다.

그들의 모습에 한빈이 고개를 갸웃했다.

설화가 얼마 전 비슷한 말을 한 적이 있었다.

하지만 청화가 그 말을 기억해 뒀다가 이렇게 써먹을 줄은 몰랐다.

청화는 지나가는 이야기까지 모두 기억해 놓는 성격이 아니었다.

성격이 바뀐 걸까?

한빈은 고개를 갸웃하다가 뒤쪽에서 뭔가를 적고 있는 소군을 바라봤다.

소군은 가끔 멈춰서 종이를 펼치고 붓을 들었다.

이건 일주일 전부터 보인 변화였다.

천자문부터 공부하고 싶다고 했던 소군이었기에 시간 날 때마다 글자를 쓰는 연습을 한다고만 생각했다.

그런데 요즘 들어 심각할 정도였다.

잠시도 붓을 놓는 적이 없으니, 이러다가 잘못되는 건 아닌지 걱정될 정도였다.

이제까지 한빈은 소군이 공부할 때면 녀석의 곁으로 다가간 적이 없었다.

물론 방해될까 봐서였다.

하지만 오늘은 소군이 무엇을 공부하고 있는지 확인하고 싶었다.

한빈은 기척을 죽이고 뒤쪽에 쪼그려 앉아 있는 소군의 뒤쪽으로 갔다.

"소군아, 지금 뭐 하는 거지?"

"앗, 공자님."

소군이 깜짝 놀라며 다급하게 종이를 뒤로 숨기려 했다.

하지만 그 종이는 이미 한빈의 손에 들어가 있었다.

종이를 낚아챈 한빈은 조용히 내용을 살폈다.

한빈은 종이와 소군을 번갈아 봤다.

종이에 적힌 내용은 그들이 평상시 나눴던 대화였다.

어찌 보면 사실 아무것도 아닌 내용을, 소군은 왜 진땀을 흘리면서 적고 있었을까?

한빈은 그것이 진심으로 궁금했다.

"대체 이런 쓸데없는 걸 왜 옮겨 적는 거지?"

"그, 그게……."

"아니다. 대답하기 싫으면 안 해도 된다."

"그게 아니라……. 언니들이 시켰어요."

"설화와 청화가?"

한빈은 의심 가득한 눈으로 설화를 바라봤다.

그 시선에 설화가 번개처럼 한빈의 앞으로 달려왔다.

"이건 나중에 다시 정리할 대화록이에요."

"대화록? 그게 왜 필요한 거지?"

"나중에 어록을 만들 거라서요."

"어록이라니, 그게 대체 무슨 말인지 상세히 말해 봐라."

"그냥 직접 보여 드릴게요."

설화가 청화를 바라보자 청화가 보따리에서 뭔가를 꺼냈다.

그것은 한 권의 책이었다.

청화는 말없이 그 서책을 한빈에게 건넸다.

서책을 건네받은 한빈은 책의 표지부터 확인했다.

순간 한빈의 눈이 커졌다.

황당한 서책의 제목 때문이었다.

진룡어록(眞龍語錄)

"대체……."

"지난번에 말씀드렸잖아요."

설화가 어색하게 웃자 옆에 있던 청화가 고개를 끄덕인다.

한빈도 그제야 기억났다.

그들이 자신의 명언을 기록하고 있다는 것을 말이다.

얼핏 지나가는 말로는, 그것으로 어록을 만들 것이라 했다.

그때는 단순한 장난인 줄만 알았다.

한빈의 심각한 표정에, 설화가 미안한 표정으로 물었다.

"이제 하지 말까요? 공자님."

"아니다. 계속해도 좋다. 가능하면 멋지다고 생각하는 말을 위주로……."

"진짜로요?"

"대신에 밖으로 새어 나가도 될 얘기만 적도록!"

"네, 공자님."

설화가 밝게 웃자 옆에 있던 청화가 손뼉을 쳤다.

그들의 모습은 소군에게 낯설었다.

세상에 자신의 어록을 만들겠다는데 저리 뻔뻔하게 좋아하는 사람이 어디 있을까?

하지만 그래도 붙어 있어야 했기에 일단은 시키는 대로 해야 했다.

사실 소군은 손목이 빠질 것 같았다.

쉬지 않고 붓을 놀려 대니 몸이 남아나지를 않았다.

재미있는 것은 대화를 기록하기 시작한 지 딱 사흘 만에 천자문을 완벽하게 익혔다는 점이다.

거기에 글을 쓰는 속도도 상상도 못 할 만큼 빨라졌다.

대충 중요한 내용만 적으라고 했지만, 그들의 대화 중 무엇이 중요한지 소군은 알 수 없었다.

그런 이유로 모든 대화를 다 종이에 옮겨 적었다.

이곳에 있다가는 유명한 서예가가 될지도 모른다고 소군

은 생각했었다.

소군은 먹이를 기다리는 새끼 새처럼 한빈을 바라봤다.

그 시선에 한빈이 피식 웃었다.

"인제 그만 적어도 된다. 아마도 언니들이 천자문을 빨리 익히게끔 배려한 것 같구나."

"언니들이요?"

소군이 고개를 돌려 설화와 청화를 바라봤다.

그 시선에 설화가 뒷머리를 긁적였다.

"와, 공자님은 진짜 사람의 마음을 꿰뚫어 보시네요."

"뭐, 그렇지."

한빈은 재빨리 고개를 돌렸다.

당황한 표정을 감추기 위해서였다.

사실, 한빈은 실제로 그런 의도가 있었는지 모르고 있었다.

어찌 자신이 세상일을 모두 알 수 있단 말인가?

한빈은 조용히 만월경을 향해 올라갔다.

만월경에는 이미 많은 유생이 자리 잡고 있었다.

양석봉은 손을 흔들며 한빈을 불렀다.

"여기일세. 내가 자리를 잡아 놨다네."

"고맙네."

고개를 끄덕인 한빈은 설화에게 눈짓을 했다.

누가 봐도 편히 쉬라는 신호처럼 보였다.

하지만 설화는 눈을 빛냈다.

설화는 조용히 청화와 소군을 이끌고 구석 자리로 가 앉았다.

그것도 잠시, 설화의 모습은 그 어디에도 보이지 않았다.

소군만이 구석에 앉아서 만월경을 감상하고 있을 뿐이었다.

만월경을 보고 있는 소군의 눈은 초롱초롱 빛났다.

이곳은 흔히 볼 수 있는 연못이 아니었다.

연못이라면 물의 흐름이 멈춰져 있어야 하지만, 만월경의 물은 가장자리를 기준으로 오른쪽으로 흘러가고 있었다.

실제로 만월경에 있는 나뭇잎은 마치 흐르는 강물 위에 놓인 것처럼 흘러가고 있었다.

가운데 있는 흰색 돌을 중심으로 돌고 있다 보니, 마치 소용돌이를 보는 것 같았다.

만월의 주변으로 소용돌이가 느리게 도는 모습은 장관이라 할 수 있었다.

유생들의 말을 들어 보니 이곳은 몇몇 행사에만 개방되는 것이 분명했다.

유생들도 신기한지 연못의 가장자리에 떠다니는 나뭇잎을 보고 있었다.

유생들이 웅성이는 가운데 최유지가 일어났다.

"죽림칠회는 여러 유생들은 모시고 문장을 뽐내는 자리입니다. 오늘만은 숨겨 뒀던 실력을 마음껏 뽐내시기 바랍니다. 첫 번째는 서체를 겨루겠습니다."

최유지가 말을 끝내자 유생들의 호위들이 그들의 옆에 지필묵을 준비했다.

모두는 과거 시험에 임하는 자세로 지필묵을 앞에 두고 다음 순서를 기다리고 있었다.

그때 한빈이 힐끔 뒤를 돌아보고 청화를 향해 손짓했다.

청화는 그제야 기억났는지 재빨리 보따리를 들고 한빈에게 달려갔다.

"공자님, 죄송해요. 여기 준비했어요."

청화는 보따리를 풀고 지필묵을 꺼냈다.

본래 설화가 해야 할 일이지만, 그녀는 지금 한빈의 지시로 사라진 상태였다.

설화는 이 일을 청화에게 부탁했다.

그런데 만월경의 모습에 넋을 잃고 있다 보니 깜빡한 것이다.

뒤쪽에 있던 소군은 얼떨결에 따라와 눈만 끔뻑이고 있었다.

한빈이 소군을 바라봤다.

"소군은 여기에 앉아라."

"네?"

"내가 팔이 불편하니, 여기에 앉아서 나 대신에 문장을 써 봐라."

"네? 제가 어떻게……."

"그동안 노력하지 않았느냐?"

"딱 일주일인데요?"

"그 정도면 충분하다."

그들의 대화를 지켜보던 유생들의 눈이 커졌다.

유생들이 웅성대자 최유지가 나섰다.

"지금 무슨 짓을 하시는 겁니까? 팽한빈 유생."

"무슨 짓이라니요? 제 시녀, 아니 호위들도 장유중 학장님 으로부터 유생의 자격을 인정받지 않았습니까?"

"그건 수업에 참여하는 자격을……."

"장유중 학장님이 말씀하시기를, 유림 서원의 모든 행사는 학업의 연장이라고 하셨습니다."

"흠."

"그럼 불만 없으신 걸로 알겠습니다."

"……."

최유지는 아무 말 못 하고 한빈을 바라보다 뭔가 좋은 생각이 났는지 말을 이었다.

"그럼 벌주도 이 아이가 마실 겁니까?"

"네, 그렇게 하도록 하지요."

한빈이 고개를 끄덕이자 최유지가 소군을 바라봤다.

"흠, 술도 못 할 것 같은데 말입니다."

"뭐, 그건 우리가 알아서 하겠습니다. 이참에 내기 하나 하는 게 어떻겠습니까?"

"무, 무슨 내기를 한단 말이오?"

내기라는 말이 나오자 전에 한번 데었던 기억이 있던 최유지가 말을 더듬었다.

한빈은 아무렇지 않게 말을 이었다.

"지난번의 그 계약 말입니다. 이 아이가 벌주를 마실 일이 생긴다면 그 계약서는 깨끗하게 없애 드리겠습나다."

"오, 그 말이 진짜요?"

"네, 대신!"

한빈이 의미심장한 미소를 지었다.

최유지는 한빈의 미소에도 아랑곳하지 않고 잇몸을 드러내며 웃었다.

"하하, 뭐든 말해 보시오."

"이 아이가 벌주를 마실 일이 없다면……. 그 계약은 종신 계약으로 하죠."

"조, 종신이라면?"

"유림 서원에서 졸업한 후에도 이어지는 겁니다."

"좋소."

최유지는 만면에 미소를 지으며 고개를 끄덕였다.

그의 선택은 어찌 보면 당연했다.

이곳을 떠나게 되면 서로 볼 일이 없는 사이였다.

최유지가 돌아가자 소군은 입을 딱 벌리곤 손까지 떨고 있었다.

"고, 공자님. 저한테 왜 이런 시련을⋯⋯."

"아니다. 너는 충분히 해낼 수 있다."

"아무리 그래도 이제 겨우 천자문을 익혔는데 어떻게 유생들과 대결을 할 수 있겠어요?"

"나는 너를 믿는다."

"공자님, 제가 뭘 잘못했기에⋯⋯."

"나는 너를 믿는다고 했다."

한빈이 딱 잘라 말하자, 소군은 모든 것을 포기하고 자리에 앉았다.

청화는 뒤쪽에서 연신 입맛을 다시고 있었다.

표정으로 봐서는 은근히 벌주를 기다리는 것 같았다.

최유지가 자리로 돌아가자 마침 만월경을 관리하는 일꾼 몇이 도착했다.

그들은 술과, 종이에 싸인 물건을 작은 수레에 싣고 왔다.

수레를 멈춘 그들은 유생들에게 술을 나누어 줬다.

그때 최유지가 외쳤다.

"제가 술을 가져오라 부탁했지 않습니까? 그 술은 일꾼과 호위들에게 주도록 하죠! 우리가 문장을 겨룰 동안 그들도 즐겨야 하지 않습니까?"

"좋습니다."

"저도 좋습니다."

유생들은 호탕하게 웃으며 자신들이 가져온 술을 그들에게 건넸다.

한빈도 자신이 가져온 술을 건넸다.

수레에는 일꾼들과 호위들이 마실 술이 쌓였다.

모든 준비가 끝나자 일꾼 둘이 수레에서 종이에 둘둘 싸인 물건을 가져왔다.

일꾼들은 바로 종이를 벗겨 냈다.

종이를 벗겨 내자 조그마한 배 하나가 모습을 드러냈다.

크기는 성인 남성이 누워도 될 정도였다.

그렇다고 그 배를 타고 강을 건널 수 있을 정도는 아니었다.

물가에 띄워 놓고 연등을 매달아 놓는 관상용으로 쓰일 만한 배였다.

유생들은 그 배의 용도를 알고 있다는 듯 고개를 끄덕였다.

하지만 유생 중 누구도 한빈에게 죽림칠회의 방식에 대해 설명해 준 자는 없었다.

아마도 한빈이 당황하는 모습을 즐기려는 듯 보였다.

물론 한빈은 그 배에 대해서 미리 들었다.

유생들이 아닌 금미랑에게 미리 들었던 말이 있어서 그 방식에 대해서는 익히 알고 있었다.

연못에 띄운 배는 문장을 쓴 종이를 넣는 용도였다.

그리고 뒤쪽의 바가지는 술을 붓는 곳이었다.

유생들은 자신의 차례가 오면 재빨리 문장을 써내야 한다.

그 후 문장을 조그마한 배에 던져 놓고 바가지에는 자신이 가져온 술을 따른다.

만약 문장을 써내지 못하면 벌주를 마셔야 한다.

배에 문장이 가득 쌓이게 되면 그때 첫 번째 승부가 끝난다.

금미랑에게 들은 바로는 이것은 친목을 다지기 위함이었다.

어떤 유생은 일부러 문장을 써내지 않고 벌주를 마신다고도 들었다.

그리고 그렇게 모인 문장의 딱 두 가지를 본다.

내용의 정확성과 서체였다.

정해진 시간 안에 수려한 필체로 정답을 적어 내는 것이 이번 승부의 핵심이었다.

예상대로 호위는 그 배를 연못에 띄웠다.

호위는 배 뒤쪽 움푹 파인 홈에 큼지막한 바가지를 올려놨다.

그 상태에서 호위는 배를 붙잡고 있었다.

손을 놓으면 그대로 배가 흘러가기 때문이다.

모든 준비가 끝나자 최유지가 외쳤다.

"이제 시작하겠습니다! 일단 저부터 시작하지요. 무가에서 온 친구도 있으니 첫 번째 문장은 무림과 연관된 문장으로 하지요. 그럼 시작하겠습니다."

최유지는 붓을 들어 종이 위에 문장을 적었다.

임술년 가을, 손님과 함께 배를 띄워 적벽 아래서 노닐었으니!

그는 문장을 밝히지는 않았다.

하지만 한빈은 그것을 볼 수 있었다.

남들은 멀리 떨어져 있어 문장을 확인할 수 없지만, 한빈은 무림인이었다.

그것도 화경에 이른 무림인.

문장을 확인한 한빈은 미소를 지었다.

문장의 출처는 말 안 했지만, 한빈은 그 문장을 알고 있었다.

소동파의 적벽부.

배와 물 그리고 달이 어우러지는 이곳에 적격인 문장이었다.

한빈은 감각적으로 문장을 골라낸 최유지에 나름 감탄했다.

유생은 유생이었다.

자신이 무가에서 태어나 무를 갈고닦은 만큼, 그들은 학문을 갈고닦았다.

그 학문에 대한 열정은 인정하는 바였다.

하지만 이 내기에서 질 생각은 없었다.

아니, 질 수가 없었다.

한빈의 눈앞에는 용린검법 실력편의 구결이 빛내고 있으니까.

지 구결이 무려 스무 개이니 지는 것이 힘들었다.

최유지가 문제를 내자마자 머릿속에서는 주르륵 해당 문장이 떠오른다.

한빈이 머릿속에 문장을 떠올리고 있을 때, 최유지는 종이를 배 위에 올려놨다.

그러고는 술을 바가지에 부었다.

조르륵.

최유지가 술을 따르자 호위가 조그만 배를 놓았다.

이제 승부가 시작된 것이다.

그 배가 자신의 앞을 지나가기 전에 유생들은 써 놓은 문장을 넣고 술을 부어야 했다.

다음 유생이 황급히 문장을 적기 시작했다.

한빈의 앞쪽에 있는 유생 중 몇은 미리 문장을 적어 놓았다.

한빈은 이 상황이 말이 안 된다는 것을 알고 있었다.

이유는 간단했다.

앞에 사람이 꼭 한 문장만을 쓰라는 법칙은 없었다.

만약 미리 써 두었는데 앞 사람이 두 문장을 쓰게 되면, 이어 적지 못한 것이 되니 패하게 된다.

다음 유생이 배 위에 문장을 올려놨다.

바람이 부드럽게 불어오니 물결은 일지 않았다. 나는 손님과 술잔을 들고…….

문장을 올려놓은 유생은 술을 부었다.

한빈은 그들의 행동에서 이상한 것을 느꼈다.

그는 최대한 늦게 문장을 올려놨다.

거기에 다음 유생의 태도가 문제였다.

배에 올려진 문장을 보지도 않고 미리 문장을 적기 시작했다.

한빈은 이번 승부의 날이 모두 자신을 향해 있음을 알아챘다.

사실, 이번 승부로 누구 한 명을 궁지로 몰아넣는 것은 아주 간단했다.

앞에 사람이 문장을 어디까지 쓰라는 것을 알고 있으면 된다.

모두가 짠 상태에서 한빈의 앞에 있는 자가 최대한 늦게 문장을 올려놓으면 되었다.

그럼 한빈은 시간이 없는 상태에서 당할 수밖에 없었다.

시험 문제의 답안지를 아는 것, 혹은 모두가 짜고 치는 투전판과도 같았다.

역시 한빈의 예상대로였다.

자신의 차례가 오기도 전에 유생들은 보이지 않게 붓을 놀렸다.

소군도 이상한 유생들의 태도를 감지했는지 작게 속삭였다.

"공자님, 아무래도 느낌이 이상해요."

"괜찮다. 나는 너를 믿는다."

"아, 공자님……."

감동한 듯 동그랗게 뜬 소군의 눈에 살짝 물기가 비쳤다.

처음에는 시련을 준다고 생각했는데, 믿는다는 말을 반복하니 그것이 시련이 아닌 배려로 느껴졌던 모양이다.

한빈은 앞쪽 유생이 문장을 배 위에 올려놓자 소군을 바라봤다.

"내가 불러 주는 대로 쓰면 된다. 계수로 노를 만들고 ……
하늘가의 저편에 계시리라."

한빈이 불러 준 문장은 무려 네 문장이었다.

유생들은 한빈을 비웃듯 바라봤다.

한빈은 그 비웃음의 의미를 알고 있었다.

한빈이 불러 준다고 해도 많아야 열 살 정도로 보이는 소군이 그 짧은 시간 동안 무엇을 할 수가 있단 말인가?

유생 대부분은 '그럼 그렇지.' 하며 혀를 차고 있었다.

그러나 유생들은 한빈의 다음 행동에 놀랐다.

한빈은 다시 말을 이었다.

"이것도 마저 적어라. 피리 소리가 매우 슬퍼서."

말을 마친 한빈은 소군에게 손을 내밀었다.

동시에 소군은 종이를 한빈에게 건넸다.

"여기 있어요, 공자님."

"수고했다."

고개를 끄덕인 한빈은 재빨리 문장이 적힌 종이를 받았다.

한빈은 내용을 확인하고는 묘한 미소를 지으며 문장이 적힌 종이를 배에 올려놨다.

그러고는 바로 술을 따랐다.

조르륵.

경쾌한 소리를 내며 술을 따른 한빈은 옆자리로 흘러가는 작은 배를 바라봤다.

다음 차례를 홍금호라는 유생이었다.

한빈이 파악하기로 그는 최유지와 양석봉의 뒤를 잇는 삼인자였다.

배가 오자 홍금호는 재빨리 문장을 배에 올려놓으려 손을 뻗었다.

홍금호는 사실 미리 문장을 적을 필요는 없었다.

그냥 문장을 확인하고 그다음 문장을 적어도 시간은 충분했다.

홍금호가 문장을 미리 적은 것은 바로 한빈 때문이었다.

큰 목소리로 문장을 불러 주는 바람에 바로 뒤의 순번인 홍금호는 문장을 확인하기까지 기다릴 필요도 없었던 것이다.

홍금호는 상대의 우매함을 일깨워 주기 위해 미리 문장을 적었다.

이렇게 문장을 미리 적어 놓으면 아마도 마음 편히 불러 줄 수는 없을 것이었다.

그러나 문장을 올려놓으려던 홍금호는 그 자리에서 굳었다.

미리 문장을 쓴 것까지는 문제가 없었다.

앞서 말했듯이 한빈이 큰 소리로 불러 줬기 때문이다.

문제는 한빈이 불러 줬던 문장과 종이에 적힌 끝 문장이 달랐다는 점이다.

분명 한빈은 '피리 소리가 매우 슬퍼서'까지만 불러 줬는데, 종이에는 그다음 문장까지 적혀 있었다.

설마 조그만 여자아이가 적벽부의 문장을 알고 있으리라고는 예상하지 못한 홍금호는 당황했다.

……원망 같기도 하고, 그리움 같기도 하고, 울음소리 같기도 하고 원통한 소리와도 같아 그 소리가 가냘프게 흘러나오니.

문장은 이렇게 끝이 나 있었다.
그 짧은 시간 안에 불러 준 것을 모두 적는 것도 모자라 문장까지 추가했다.
이것은 놀라운 속도였다.
홍금호가 놀란 것은 그뿐이 아니었다.
그 필체는 자신보다 수려했다.
아니, 이곳에 모인 누구보다도 더 수려했다.
저것이 어찌 열 살밖에 안 된 소녀의 서체란 말인가?
사실 빨리 옮겨 적으려 했다면, 시간 내에 이어지는 문장을 쓸 수도 있었다.
하지만 여자아이가 문장을 안다는 사실과 유려한 서체 때문에 홍금호는 놀란 가슴을 주체하지 못하고 그대로 굳어 버렸다.
배는 홍금호에게서 서서히 멀어졌다.
모두는 그 모습에 눈을 크게 떴다.
"홍금호 유생이 어떻게……."
"그러게 말일세."
"이게 무슨 일인 거지?"
모두의 웅성거림 속에 홍금호가 외쳤다.

"이번에는 내가 졌네! 하하!"

이 웃음은 진심이었다.

한 번 정도는 양보할 수 있는 여유가 홍금호에게는 남아 있었다.

기분 좋게 웃은 홍금호는 고개를 돌려 몇 걸음 떨어진 곳에서 해맑게 웃고 있는 소군을 바라봤다.

불러 주는 대로 쓴 것이 아니라 문장을 더 적었다는 것은 소동파의 적벽부를 모두 외우고 있다는 것이다.

천자문을 얼마 전에 뗐다고 들었는데, 모두 속임수였던 것이 분명했다.

상대의 속임수에 당했다고 생각했다.

문제는 그 속임수가 아니었다.

홍금호는 서체만은 누구에게도 지지 않는다고 생각했다.

그런데 소군이라는 아이의 서체는 인정할 수밖에 없었다.

자신보다 더 빠르게, 자신보다 더 화려하게.

그때 홍금호의 호위가 바가지를 들고 왔다.

유생들이 앞서 술을 부었던 그 바가지였다.

홍금호는 조용히 그 바가지에 담긴 술을 마셨다.

그 모습에 주변은 술렁이기 시작했다.

"대체 어떻게 된 거야?"

"아니……."

"어떻게 저럴 수가 있지?"

한빈도 눈을 가늘게 뜨고 소군을 바라봤다.

기억이 돌아온 것인지를 가늠하고 있었다.

그때 소군이 한빈만 알아들을 수 있게 작은 목소리로 말했다.

"공자님, 저 사실 옆에 있는 아저씨들이 써 놓은 글을 엿봤어요."

"어쨌든 잘했다."

"저 잘못한 거 아니죠?"

"아니다. 내가 믿는 것에는 네 시력도 포함돼 있으니까."

한빈은 사람 좋은 얼굴로 소군의 머리를 쓰다듬었다.

규칙에 따라 첫 번째 문장 대결이 끝나고, 서로 자리를 바꿨다.

이것은 공정함을 위함이었다.

소군의 활약은 그때부터 시작이었다.

한 시진이 지나자 여기저기서 한숨이 튀어나왔다.

소군의 속도를 따라갈 유생은 그곳에 없었다.

소군이 활약하는 동안 한빈은 허공을 보며 웃고 있었다.

물론 용린검법의 실력편을 확인하는 중이었다.

[……]

[지(智) : 삼십(三十)]

지의 구결이 무려 삼십 개였다.

구결을 확인하던 한빈이 웃음을 멈췄다.

지혜가 늘어났는데도 이상하게 즐겁지가 않았다.

이상하게 불길함이 엄습해 왔다.

전호후랑 (2)

한빈은 조용히 유생들을 바라봤다.

유생들은 불길함의 정체가 아니었다.

이미 그들의 속셈을 꿰뚫어 보고 있으니 말이다.

사실 구결 획득이 아니라면 이곳까지 와서 죽림칠회에 참가할 필요도 없었다.

지의 구결을 이 정도로 모았으면 그들의 장단에 맞춰 준 노력은 헛되지 않았다고 생각했다.

그때였다.

만월경을 관리하는 일꾼이 배를 멈췄다.

길었던 첫 번째 승부가 끝난 것이다.

이제 남은 것은 그들의 서체를 확인하는 일이다.

일꾼들은 배에 들어 있던 문장을 뒤쪽 공터로 옮겼다.

공터에는 수십 장의 종이가 빼곡히 쌓였다.

모든 준비가 끝나자 최유지가 말했다.

"이제부터 최고의 서체를 뽑겠습니다."

말을 마친 그는 주변을 바라봤다.

순간 최유지의 눈빛이 살짝 떨렸다.

일꾼들은 약속했다는 듯 유생들에게 무언가를 나누어 주었다.

일꾼들이 나누어 준 물건은 다름 아닌 하얀 바둑돌이었다.

그 돌을 받은 한빈과 모두는 뒤쪽을 바라봤다.

그들의 뒤쪽에는 연못, 즉 만월경이 있었다.

바둑돌은 만월경의 상징인 하얀 바둑돌과 똑같이 생겼다.

한빈은 바둑돌과 연못 한가운데 바위를 번갈아 봤다.

바둑돌은 만월경의 가운데 자리한 바위의 축소판이었다.

만월경과 배 그리고 바둑돌이라……

순간 한빈의 머리가 맹렬하게 돌아가기 시작했다.

선묘도와 만월경 그리고 바위가 머릿속에서 조화를 이루기 시작한 것이다.

이곳에 오기 전에는 서로 관련이 없을 듯 보였던 것들이 머릿속에서 정리되자, 한빈은 조용히 고개를 끄덕였다.

하지만 이전에 느꼈던 불안감의 정체는 아직 찾을 수 없다.

한빈이 조용히 손에 쥔 바둑돌을 바라볼 때였다.

최유지가 다시 말을 이었다.

"학우 여러분들은 마음에 드는 서체의 아래에 바둑돌 하나를 올려놓으시오. 승부는 그것으로 정하겠소."

그들은 조용히 문장이 적힌 종이가 있는 곳으로 걸어갔다.

한빈은 바둑돌을 든 채 조용히 유생들을 바라봤다.

유생들은 천천히 문장이 있는 곳으로 다가갔다.

먼저 도착한 유생들은 멈칫하며 바둑돌을 놓기를 주저하고 있었다.

그들은 두 개의 문장 사이에서 갈피를 못 잡고 있었다.

한빈은 그 이유를 알고 있었다.

아마도 누구를 뽑겠다고 이미 정했기 때문임이 분명했다.

재미있는 것은 먼저 도착해서 멈칫하는 유생들은 모두 술에 취하지 않은 자들이라는 점.

그들이 갈등하는 문장 중 하나의 주인은 바로 소군이었다.

그들은 최유지와 소군의 문장 사이에서 갈등하고 있었다.

소군의 문장은 미리 약속한 그들의 마음을 흔들 만큼 뛰어났다.

사실 소군이 이렇게 유려한 필체를 가지고 있을 줄은 한빈도 몰랐었다.

한빈은 이곳에 도착하기 바로 전에야 소군의 진가를 알아봤다.

사실 마령지체의 소유자가 서예의 대가라고?

이건 상상도 할 수 없는 일이었다.

그렇다면 소군이 완벽하게 기억을 찾은 것일까?

그것은 아닐 것이 분명했다.

필체는 걸음걸이와도 같았다.

기억이 지워져도 몸에 새겨져 있는 습관과도 같은 것이었다.

기억이 지워졌다고 걸음걸이까지 까먹는 것은 아니지 않은가!

기억은 지워졌지만, 천자문을 익히면서 자연스레 몸이 반응한 것이다.

소군의 필체를 보면 두 명에게 배운 것이 분명했다.

어떤 획은 주작이 날개를 편 것처럼 정적인 아름다움을 담고 있었다.

또 어떤 획은 용사비등(龍蛇飛騰)의 생동감을 담고 있다.

그런 필체를 보고 반하지 않을 유생이 있던가?

정상적이라면 소군의 필체에 바둑돌을 올려놓는 것이 당연했다.

하지만 그들은 최유지와 약속한 바가 있었다.

문제는 그들 중 대부분이 술에 취해 있다는 점이다.

술에 취한 이유는 간단했다.

순번이 돌다 보니 벌주를 마시게 된 것은 소군이 아닌 나머지 유생이었기 때문이다.

지금 망설이고 있는 몇몇 유생은 운이 좋게도 벌주를 피한 사람들이었다.

벌주를 마신 유생들은 비몽사몽인 상태에서 휘청거리며 공터로 가고 있었다.

그들 중 가장 심하게 취한 것은 홍금호라는 유생이었다.

홍금호는 몸을 못 가누고 있었다.

사실, 벌주 몇 잔에 저렇게 된 것은 아니었다.

한빈은 최유지가 바가지에 술을 부으며 은근슬쩍 환약 하나를 넣는 것을 보았다.

그 환약의 약효가 계속 바가지에 남아 있었던 것.

그때 비틀거리던 유생들이 도착했다.

술에 취한 자들은 망설임 없이 한 명의 문장에 바둑돌을 올려놓았다.

투두둑, 툭.

소나기가 내리는 듯한 착각이 들 정도였다.

물론 그들이 던진 바둑돌은 정확하게 소군의 문장 위에 올려졌다.

최유지의 문장 위에 올려진 것은 불과 네 개밖에 없었다.

최유지의 눈빛이 살짝 떨렸다.

어떤 유생들은 상황을 파악하기 위해 눈을 이리저리 돌렸다.

그리고 어떤 유생은 그럴 줄 알았다는 듯 고개를 끄덕이고 있었다.

한빈은 조용히 그 유생에게 걸어갔다.

고개를 끄덕이는 유생은 양석봉이었다.

양석봉은 속으로 콧방귀를 뀌고 있었다.

자신이 꺾지 못한 자를 최유지가 꺾는다?

이건 자존심의 문제였다.

하지만 중간에 나서지는 않았다.

이 승부의 결말이 궁금했기 때문이다.

그런데 예상도 못 할 결과로 이 승부는 허무하게 끝났다.

양석봉은 운 좋게도 벌주를 피했기에 지금의 상황을 정확히 볼 수 있었다.

물론 그도 최유지가 바가지에 환약을 넣는 장면은 보지 못했다.

그런 이유로 지금 술에 취한 유생들의 상태가 이해되지 않았다.

"허허, 방구석에서 글만 읽어서 그런지 다들 주량이 형편없군."

"그렇지요. 주도도 도(道)의 한 부분 아니겠습니까?"

난데없이 들어온 목소리에 양석봉이 황급히 고개를 돌렸다.

그곳에는 한빈이 씩 웃고 있었다.

"헉."

"왜 그렇게 놀라십니까? 죄라도 지은 것처럼 말입니다."

"내, 내가 무슨 죄를 지었다고 그러시오?"

"최 유생의 음모를 다 알고 있지 않았습니까?"

"그야……."

"잘하셨습니다."

"미안하오. 내가 나설 수 없는 사정이……."

"아니, 진짜 잘하셨다고 하는 겁니다. 덕분에 모든 상황이 잘 정리되었습니다."

"그, 그게 무슨 말이오?"

"보십시오."

한빈은 뒤쪽을 가리켰다.

만월경을 관리하는 일꾼 중 하나가 문장 하나를 펼치고 있었다.

첫 번째 승부의 승자가 뽑힌 것이다.

펼쳐진 문장의 옆에 서 있던 최유지가 마지못해 첫 번째 승부의 우승자를 발표하고 있었다.

그 모습을 본 양석봉이 말을 이었다.

"대체 팽 유생의 호위들은 어떻게 된 것이오? 저 아이는 대체 어느 집안 출신이기에 저런 경지에 올랐단 말이오?"

양석봉은 소군을 가리켰다.

한빈은 빙긋 웃으며 답했다.

"뭐, 비밀입니다."

이건 놀리려고 하는 말이 아니었다.

마교 출신이라고 하면 유림 서원이 뒤집힐 터였다.

양석봉은 이해하지 못하겠다는 듯 고개를 흔들었다.

"저런 글씨는 처음 보오. 삼백 년 전의 양학선이 다시 태어난 듯한 착각이 듭니다."

양학선은 삼백 년 전 한 시대를 풍미한 서예가였다.

그의 글씨체는 훗날 왕희지조차도 뛰어넘을 수 없는 서체라며 감탄한 바 있었다.

양학선을 비유한 것은 그만큼 양석봉도 감탄했다는 것이다.

"칭찬 감사합니다."

"아니요. 나중에 저 아이에게 한번 배우고 싶은데 기회를 마련해 줄 수 있겠소?"

양석봉은 진심을 담아 부탁했다.

한빈은 조용히 고개를 끄덕였다.

"뭐, 그리 어려울 것은 없습니다. 하지만!"

"또 무슨 말을 하려고 하시는……."

"세상에 공짜는 없는 법입니다."

"헉, 대체 얼마면 되오?"

"오실 때 당과나 몇 개 준비해 오시면 됩니다."

"헉."

양석봉이 눈을 크게 뜨자 한빈은 빙긋 웃었다.

그때였다.

뒤쪽에서 누군가 손뼉을 쳤다.

짝. 짝!

뒤를 돌아보니 유림 서원의 강사 몇이 다가오고 있었다.

그들의 가운데에는 유림 서원의 학장인 장유중도 있었다.

갑자기 등장한 장유중은 주변을 바라보더니 혀를 찼다.

"술이 어지간히 고팠던 모양이로군."

"……"

유생들은 답하지 못했다.

몇 잔 마시지 않았지만, 몸이 말을 안 듣는 것을 보면 분명 취한 것이 맞았다.

장유중이 한숨을 쉬더니 다시 말을 이었다.

"내가 지켜보고 있었으니 솔직히 말해 보게."

"……"

유생들은 아무 말도 못 했다.

무엇을 솔직히 말해 보라고 하는지 아는 이도 없었다.

장유중은 웃음을 잃지 않고 다시 입을 열었다.

"뒤쪽에서 보니 누군가 술에 환약을 넣더군……."

그 말에 주변이 웅성대기 시작했다.

그때 정신이 멀쩡한 유생 중의 하나인 양석봉이 앞으로 나와 물었다.

"술에 독을 탔다는 말입니까?"

모두의 시선이 장유중에게 쏠렸다.

장유중은 작게 웃었다.

"하하. 독은 아닐 터……. 독을 탔다면 자네들이 살아 있겠나?"

"그럼 무슨 약이라는 말입니까?"

"내가 보기에는 정신을 혼미하게 만드는 미혼산 같다네. 아마도……."

"아마도라니요? 그럼 누가 우리를 해코지하기 위해서 일을 꾸몄다는 말입니까? 혹시 이곳의 일꾼 중 하나가……."

말끝을 흐린 양석봉은 눈을 크게 떴다.

학장 장유중이 실없는 소리를 늘어놓을 리는 없었다.

장유중은 손을 내저었다.

"일꾼 중에는 없네."

"그럼 누구란 말입니까? 학장님."

"자네들 중 한 명일세."

"우리 중 하나라니요? 혹시……."

양석봉은 한빈을 바라봤다.

시선이 마주친 한빈이 어이없다는 듯 웃었다.

순간, 갑자기 유생 중 하나가 비명을 질렀다.

"아악!"

모두가 고개를 돌렸다.

이제까지 미소를 잃지 않던 장유중도 당황한 기색을 드러냈다.

한빈도 이 상황이 당황스럽기는 마찬가지였다.

지금 쓰러진 유생은 게거품을 물고 있었다.

이건 한빈도 예상 못 한 상황이었다.

최유지가 환약을 넣은 것까지는 확인했다.

하지만 그가 사람을 해칠 만큼 멍청해 보이지는 않았다.

지금 쓰러진 유생은 한눈에 봐도 위급해 보였다.

그 유생은 다름 아닌 홍금호였다.

홍금호는 지금 몸을 배배 꼬며 신음을 흘리고 있었다.

유생의 상태는 최유지와 무관할 것이 분명했다.

그렇다면…….

한빈이 상황을 살피고 있을 때였다.

장유중이 다급하게 외쳤다.

"데려오너라!"

장유중의 말에 갑자기 일꾼이 한 발 앞으로 나왔다.

아무 힘도 없을 것 같은 일꾼의 태도가 달라졌다.

갑자기 눈을 빛내는 동시에 자세는 칼날처럼 각이 잡혀 있었다.

거기에 더해 몸에서 스멀스멀 기세를 피우고 있었다.

최소 절정의 수준으로 보이는 기세였다.

그들은 일제히 모두를 향해 기세를 뿜어냈다.

갑자기 밀물처럼 들이닥친 세찬 기파는 유생들의 몽롱한 정신을 깨웠다.

어느 정도 정신을 차린 유생들은 눈을 크게 떴다.

묵묵히 유생들의 심부름을 하던 일꾼들이 기세를 뿜어내는 모습은 그야말로 황당하기 그지없었다.

일꾼 중 둘이 어디론가 걸어갔다.

그들이 향한 곳에는 최유지가 멍하니 서 있었다.

그들은 최유지의 양팔을 잡았다.

순식간에 최유지의 마혈을 제압한 후 그들은 장유중의 앞에 섰다.

장유중이 턱짓하자 일꾼 중 하나가 그의 몸을 뒤졌다.

그러더니 품에서 가느다란 죽통 하나를 꺼냈다.

일꾼은 그 죽통을 열더니 환약을 확인했다.

"이게 원인인 것 같습니다, 어르신."

"흠, 대체 왜 이런 짓을……."

장유중은 말끝을 흐리며 최유지를 바라봤다.

그때였다.

한빈이 한 발 앞으로 나왔다.

한빈이 한 발 앞으로 나왔지만, 장유중의 시선은 죽통에 고정되어 있었다.

죽통은 새끼손가락 한 마디 정도로 가늘었다.

붓대보다도 더 가는 대나무 통 속에 환약이 몇 알 숨겨져 있었던 것이다.

그것은 분명히 미혼환이었다.

장유중과 이곳의 관리인들은 이것을 독약으로 생각하는 것 같았다.

아마도 처음에는 평범한 미혼산으로 봤을 것이 분명했다.

하지만 홍금호가 저리 게거품을 물며 경련을 일으키자, 단순한 미혼산이 아니라 독약으로 판단한 것이다.

하지만 한빈이 보기에는 아니었다.

정파 중 한빈보다 독이나 미혼산에 대해서 더 잘 아는 사람은 없을 것이다.

지금 홍금호의 증세는 미혼산으로는 나타날 수 없었다.

한빈은 다시 홍금호를 바라봤다.

눈을 까뒤집은 채 팔다리는 계속 경련을 일으키고 있었다.

한빈은 재빨리 청화를 바라봤다.

그러고는 손가락으로 홍금호를 가리켰다.

순간 청화가 바람처럼 홍금호에게 달려갔다.

그때 장유중이 목소리를 높였다.

"네 이놈, 최유지! 빨리 해약을 내놓거라!"

"저, 저는 아무런 상관도 없습니다. 그건 독약이 아닙니다, 학장님."

최유지는 양쪽 팔이 제압당한 상태에서 고개를 마구 저었다.

그럴수록 장유중의 표정은 일그러졌다.

"내 모든 것을 보았다. 그런데 시치미를 뗄 셈이냐?"

장유중이 죽통을 가리키자 최유지가 말했다.

"맹세코 저건 절대 독약이 아닙니다. 그건 단지 미혼……."

최유지는 자신이 미혼산을 쓴 것은 인정했다.

하지만 독약을 넣었다고 하니 미치고 팔딱 뛸 노릇이었다.

미혼산은 어떻게든 무마시킬 수 있다.

미혼산은 잠이 안 오는 고관대작들의 치료용으로도 쓰는 약의 종류였으니 말이다.

하지만 독을 썼다면 변명의 여지 없이 범죄자가 된다.

"끝내 미혼산으로 속이려 드는구나. 독약이 아니고 미혼산이라면, 네가 직접 먹어 보아라."

"그건……."

최유지는 말을 잇지 못했다.

술이나 물에 희석시켰을 때는 괜찮겠지만, 미혼환을 그냥 먹게 되면 바로 정신을 잃을 게 분명했다. 그렇게 되면 자신의 무고를 주장할 기회도 사라진다.

한빈은 그들의 대화를 옆에서 지켜보고 상황이 심상치 않음을 깨달았다.

전생에 경험했던 십 년의 전쟁은 평화로운 이 시기라면 백년이 걸릴 깨달음을 안겨 주었다.

그것은 생존 본능이었다.

한빈은 경험과 늘어난 지의 구결을 이용해 현재 상황을 유추해 보았다.

생각을 끝낸 한빈은 눈을 빛냈다.

지금의 상황은 중원 전체를 태울 작은 불씨가 될지도 몰랐다.

또한 홍금호 하나에서 끝나지 않을 것이다.

만약 홍금호를 노린다면 이곳이 아니라 그의 처소에서 노렸어야 이치에 맞았다.

지금 이곳에서 홍금호를 저 지경으로 만들었다는 것은 유생 모두를 노리고 있다는 것이다.

만약에 이곳의 학사들과 유생들이 잘못된다면?

몇백 년간 이어졌던 관무불가침 같은 암묵적인 약조는 모두 수포가 될 수밖에 없었다.

그때는 관과 무림이 서로의 목에 칼을 들이밀 수밖에 없었다.

그러니 이 상황을 그냥 놔둔다면 내란의 불씨가 될지도 몰랐다.

한빈은 조용히 눈을 감고 기감을 극대화했다.

순간 한빈은 눈꺼풀을 살짝 떨었다.

한빈의 예상은 맞았다.

이곳은 정체 모를 세력들에 의해 포위되었다.

한빈은 슬쩍 일꾼들을 다시 확인했다.

그러고는 고개를 끄덕였다.

일단은 상황을 진정시키는 것이 맞았다.

한빈은 다시 장유중을 바라봤다.

"학장님, 제 말 좀 들어 주십시오."

살짝 내공이 담긴 목소리.

장유중은 재빨리 고개를 돌렸다.

"왜 나를 불렀느냐?"

"최유지 유생은 범인이 아닙니다."

"그게 무슨 말이더냐? 최 유생이 품속에서 무언가를 꺼내 술이 담긴 바가지에 넣는 것을 나는 똑똑히 보았다. 사실 나뿐이 아니다……."

장유중은 말끝을 흐리면서 슬쩍 시선을 돌렸다.

그곳에는 일꾼들이 정렬해 있었다.

그들은 이제까지 보이지 않던 무인의 기백을 당연하듯 피워내고 있었다.

장유중과 시선이 마주친 일꾼들은 모두 고개를 끄덕이고 있었다.

그 모습에 한빈은 손가락을 튕겼다.

딱.

그 소리에 맞춰 청화가 달려왔다.

청화가 옆에 서자 한빈은 재빨리 미혼환을 낚아챘다.

휙.

한빈은 눈 깜짝할 사이에 그 미혼환을 청화에게 건넸다.

동시에 청화는 남은 미혼환을 모두 삼켰다.

그 모습에 장유중이 눈을 크게 떴다.

얼마나 놀랐는지 말도 하지 못하고 있었다.

뭐, 일꾼들도 놀라기는 마찬가지였다.

모두가 입을 딱 벌리고 청화를 바라보고 있었다.

한빈은 아무렇지 않게 청화에게 물었다.

"이게 독이 맞느냐?"

"아니에요, 공자님. 독은 아니에요."

"그럼 뭐지?"

"소량의 미혼산이 들어 있어요."

청화의 말에 한빈이 다시 장유중을 바라봤다.

"그렇다는군요."

"허허, 저 아이의 말을 내가 어찌 믿겠나?"

"그럼 사천당문의 말이라면 믿으시겠습니까?"

"흠, 그야 믿을 수밖에 없지. 하지만 사천당문의 사람을 어떻게 불러온다는 말이더냐?"

"여기 있는 청화가 사천당문의 사람입니다."

"……"

장유중은 고개를 갸웃하며 청화를 바라봤다.

도저히 이해가 안 된다는 표정이었다.

그 모습에 한빈이 턱짓했다.

청화가 품속에서 조그마한 철패 하나를 꺼냈다.

그 철패를 본 장유중은 눈을 가늘게 떴다.

그것도 잠시, 장유중은 철패를 좀 더 가까이서 관찰하기 위해 상체를 기울였다.

조그만 철패는 보통 쇳덩이가 아니었다.

그것은 서역에서 나온다는 현철이 분명했다.

거기에 더해 독사와 독수리가 검 하나를 향해 마주 보고 있는 모양의 철패는 딱 한 가지밖에 없었다.

"이건 독응당패……."

"네, 맞습니다."

한빈이 답했다.

독응당패란 사천당가의 직계들이 가지고 있는 가문의 신물 중 하나였다.

정교하게 만들진 신분패로, 독응당패 하나만 있으면 사천당가와 제휴를 맺은 전장에서 은자 만 냥까지는 융통할 수 있었다.

그뿐 아니라 사천당가가 운영하는 상단에서는 이 패로 구할 수 없는 물건이 없다.

사천에서야 얼굴이 신분을 나타내는 표식이지만, 사천에서 멀리 떨어진 곳에서는 누가 직계인지 어떻게 알겠는가?

그런 이유로 사천당가는 암기를 만드는 기술력을 총동원해서 독응당패를 만들었다.

그 정교함 덕분에 독응당패에 대한 소문을 못 들어 본 사람은 드물었다.

그것은 관리들도 마찬가지였다.

장유중이 당황한 표정으로 한빈과 청화를 번갈아 바라봤다.

"그럼 이 아이가 사천당가에서도……."

"네, 열 명 안에 드는 독인이지요. 독응당패는 딱 열 개밖에 안 만들었으니 말입니다. 그러니 청화의 말은 믿으셔도 좋습니다."

한빈은 독응당패를 가리켰다.

강호인뿐 아니라 관리들도 대부분 독응당패가 희소성이 있다는 것은 알고 있었다.

조금 관심이 있는 관리들이라면 이것이 열 개밖에 만들어지지 않은 당가의 신물이라는 것까지 알고 있었다.

장유중도 그들 중 하나였다.

"독응당패를 들고 있는 독인이 하는 말이니 믿을 수밖에 없지. 지금 독이 아니라고 하지 않았나?"

"네, 그렇습니다."

"그럼 대체 저 아이가 왜 저렇게 되었다는 말인가?"

장유중은 홍금호를 가리켰다.

한빈이 대신 말을 받았다.

"잠시 자리를 옮겨도 되겠습니까?"

"……."

"이리로 오시죠."

한빈은 장유중을 불과 몇 발짝 떨어지지 않은 곳으로 이끌었다.

그러고는 진기를 모아 주변에 퍼뜨렸다.

"기막을 펼쳤습니다."

"기, 기막이라고 했나? 대체 자네는……."

장유중의 목소리가 살짝 떨렸다.

그도 그럴 것이, 고수로 구성된 호위 중에서도 기막을 펼칠 수 있는 자는 없었다.

그 표정을 본 한빈이 말했다.

"지금은 그게 중요한 게 아닙니다."

말을 마친 한빈은 청화에게 눈짓했다.

한빈의 표정을 본 청화가 말을 이었다.

"저건 독이 아니에요."

"그, 그럼 대체……."

장유중은 이해가 안 된다는 듯 말끝을 흐렸다.

청화가 담담한 표정으로 말을 이었다.

"홍금호 유생이 저리된 것은 미혼산이나 독 때문이 아니에요. 정수리에 은침이 박혀 있어요. 너무 깊숙이 박혀 있어서……. 혼자 힘으로는 빼낼 수 없어요. 잘못 빼냈다가는 머리가 터질 거예요."

청화가 아무렇지 않게 말하자 장유중의 눈이 커졌다.

그 모습에 한빈이 다시 말을 이었다.

"아마도 생명에 지장은 없을 겁니다. 문제는 홍금호 유생이 아니라 저희의 안전입니다."

"그게 무슨 말인가?"

"일단 학장님만 알고 계셔야 합니다. 절대 다른 유생들이 알아서는 안 됩니다."

"그리하겠네."

"홍금호 유생의 백회혈에 침을 박아 놓은 이유가 궁금하지 않으십니까?"

"그건 단순히 해코지하기 위해……."

"아닙니다. 청화가 말했듯이 홍금호 유생은 꽤 정교한 수법에 당했습니다. 저것을 뽑으려면 화경의 고수가 진기를 바닥까지 끄집어내야 합니다. 흔히 허공섭물이라고 하죠."

"허공섭물이라……."

"허공섭물의 수법으로 침을 뽑고 나면 적어도 화경의 고수는 두 시진은 쉬어야 할 겁니다."

"대체 왜 그런 짓을 한다는 것인가?"

"솔직히 말씀드리자면, 저희는 포위되었습니다."

한빈은 목소리를 더욱 낮췄다.

"포위라니……."

"누군가 이곳을 포위하고 있습니다. 하지만 그냥 태연하게 넘어가 주십시오."

"흠, 자네 말대로라면 이곳에서 빨리 벗어나야 하는 게 정상 아닌가?"

"일꾼들로 위장한 호위들의 무위가 어떻게 됩니까?"

"무위라……."

"제가 보기에는 절정 수준으로 보입니다."

"그 정도라고 들었네. 여기 모인 호위 정도라면 어떤 적이 쳐들어와도 문제없네."

"상대는 적어도 초절정, 그것도 중급 이상의 무사들입니다. 우리가 여기에서 흩어진다면 과연 어떻게 되겠습니까?"

"……."

"저는 제 주변에 있는 사람들만 보호할 겁니다."

"자네가 우릴 보호하겠다는 말인가? 자네가 무슨 힘이 있다고……."

"못 믿으셔도 좋습니다. 하지만 저는 무림인이자 유생의 한 명으로 저들과 맞설 의무가 있습니다."

"음."

"그리고 한 가지 부탁을 드리겠습니다."

"그게 뭔가?"

"제 말은 호위에게도 비밀입니다."

"……."

"처음에 이곳에 모인 일꾼은 정확히 스무 명이었습니다.

하지만 지금 자세히 보시면, 열아홉의 일꾼밖에 남아 있지 않습니다."

한빈의 말에 장유중은 화급하게 주변을 둘러봤다.

호위의 숫자를 확인한 장유중의 눈빛이 살짝 떨렸다.

"허허."

"확인하셨으면 환자를 한데 모으고 중간에 불을 피워 주십시오."

"그래, 자넬 믿겠네. 그런데 이게 자네의 착각이라면 그냥 말로는 끝나지 않을 것이니 그리 알게."

"네, 알겠습니다."

한빈이 고개를 끄덕이자 장유중은 자리로 돌아갔다.

그러고는 관리인으로 변장하고 있는 호위들에게 명을 내렸다.

"환자를 위해 모닥불을 지피고 모두 가운데로 모이도록 하라."

장유중의 말에 모든 호위가 말없이 포권했다.

그들은 공터의 가운데다 모닥불을 피우고 그곳에 모였다.

그 모습을 바라보던 청화는 고개를 갸웃했다.

"공자님, 궁금한 게 있는데요."

"뭐가 궁금하지?"

"위험한 적이라면, 차라리 저와 공자님이 은밀하게 적을 해치우고 오는 게 좋지 않나요?"

"그럼 저들이 우리에게 고마워할까?"

"네?"

청화가 눈을 크게 뜨자 한빈은 조용히 하늘을 바라보며 말을 이었다.

"저들이 보는 앞에서 적을 해치우지 않으면 아마도……."

"아마도 뭐요?"

청화가 고개를 갸웃하자 한빈이 피식 웃었다.

"적과 공범으로 몰릴 수도 있을걸."

"아."

"지금 중요한 건 유생의 안전이 아니야."

"그럼요?"

"하북팽가와 사천당가 그리고 우리들의 안전이지."

"……."

청화가 놀란 듯 눈을 크게 뜨자 한빈이 진득한 웃음을 지었다.

"이제 준비는 다 됐으니 한번 놀아 볼까? 가자, 청화야."

한빈은 천천히 모닥불이 있는 곳으로 걸어갔다.

그곳에는 장유중과 유생들이 한곳에 모여 있었다.

한빈은 모닥불 근처에서 팔짱을 끼고 주변을 살폈다.

그때였다.

뒤쪽에서 바람이 불어왔다.

스륵.

바람이 멈춘 후 나타난 것은 하얀 무복의 설화였다.

설화는 평소답지 않게 땀을 뻘뻘 흘리고 있었다.

무공이 고강한 설화가 이리 힘들어하는 이유는 간단했다.

그녀가 등에 짊어지고 있는 짐 때문이었다.

설화는 자신의 몸보다 서너 배는 더 커 보이는 짐을 짊어지고 있었다.

마치 개미가 모이를 옮기는 모습과 흡사했다.

"헉헉. 공자님, 저 다녀왔어요."

"거기에 내려놓고 쉬자, 설화야."

설화는 등에 짊어진 짐을 내려놓았다.

설화 몸집의 세 배는 되어 보이는 보따리가 땅에 닿자 굉음이 울렸다.

콰—앙!

그 소리에 모두가 고개를 돌렸다.

모두는 황당하다는 눈빛으로 한빈과 설화를 바라봤다.

그때 장유중이 한걸음에 달려왔다.

그럴 수밖에 없는 것이, 장유중은 유생들이 위험에 처해 있다는 것을 방금 들었다.

장유중은 설화가 가져온 물건이 유생들을 지켜 줄 무기라고 생각했다.

장유중은 기대감 가득한 얼굴로 한빈에게 물었다.

"이게 대체 뭔가? 팽한빈 유생."

"저희를 지켜 줄 물건입니다."

"역시 내 생각이 맞았군. 그러니까 이게……."

장유중은 말을 잇지 못했다.

설화가 보따리를 풀자 생각지도 못한 물건이 나타났기 때문이다.

장유중은 급하게 말을 이었다.

"저, 저게 대체 뭔가?"

"보시다시피 향로죠."

"향로인 걸 내가 모르나? 저건 우리 서원의 사당에 있는 향로가 아닌가?"

"크기가 맞는 게 이것밖에 없어서요."

"서원의 사당에 있는 것을 왜 여기에 가져온단 말인가? 혹시 자네……."

장유중은 겨우 말을 멈췄다.

사실 장유중은 한빈이 미친 게 아닌가 의심하고 있었다.

그도 그럴 것이, 눈앞에 보이는 거대한 향로는 서원에서 옛 성현을 모시던 사당에 있던 물건이었다.

공자에서부터 맹자까지 그들이 따라야 할 옛 성현들 전부를 모신 사당이라서 규모가 꽤 컸다.

그곳에 있는 향로를 왜 여기에 가져온단 말인가?

장유중은 도저히 이해가 되지 않았다.

게다가 사당에 있는 향로로 유생들을 지킨다는 것은 말도 안 되었다.

　이제는 실제 적이 있는지조차 의심이 가는 장유중이었다.

　그때 한빈이 장유중을 향해 살짝 고개를 숙였다.

　"이곳에서 필요한 물건이니 양해해 주십시오, 학장님."

　"흠."

　"모든 책임은 제가 지겠습니다."

　한빈이 막 말을 마쳤을 때였다.

　어디선가 웃음소리가 들려왔다.

　하하!

　그 웃음소리는 마치 바람을 타고 오는 것 같아 어디서 들리는지 감을 잡을 수 없었다.

　또한 그 목소리는 사람의 목소리 같지 않았다.

　마치 마른 낙엽이 바스러지듯 무미건조하고 생기가 없었다.

　그 웃음 한 번에 유생들은 어깨를 가늘게 떨었다.

　"대체 어디서 들리는 목소리지?"

　"귀, 귀신 아니야?"

　"맞아. 귀신 목소리 같네."

　동요한 것은 유생들뿐이 아니었다.

　주변을 경계하던 호위들은 검을 꽉 잡았다.

　어찌나 세게 잡았는지 검을 잡은 오른쪽 손등의 힘줄이 눈에 띄게 튀어나왔다.

절정의 경지에 이른 그들이 이리 긴장하는 이유는 그 웃음소리에 담긴 내공 때문이었다.

그 내공은 단순한 내공이 아니었다.

내공을 담아 내지르는 단순한 사자후가 아니고 소리를 멀리 보내기 위해 내공으로 소리의 통로를 만든 듯 보였기 때문이었다.

그것은 전음과 비슷한 원리였다.

저 정도의 무공이라면 화경에 올랐다는 말.

거기에 짧은 웃음소리에는 묘한 적의까지 담겨 있었다.

모습을 보이지 않고 웃는 것이 아군일 리는 없었다.

화경의 고수가 이곳에 등장했다는 것도 놀라운데, 심지어 적으로 등장했다니.

서원의 호위들은 연신 마른침을 삼켰다.

이곳의 책임자인 장유중이 호위들의 변화를 눈치채지 못할 리 없었다.

장유중도 마른침을 삼켰다.

한빈의 말이 사실로 드러난 것이다.

그는 다시 한빈을 바라봤다.

"그럼 마음대로 하게나. 하지만 이전에 말했듯이, 자네가 한 말에는 책임을 져야 하네."

"네, 물론이죠."

한빈이 미소로 답했다.

하지만 장유중은 한빈의 곁에서 떠나지 않았다.

아예 팔짱을 끼고 한빈을 감시하겠다는 듯 눈도 깜빡이지 않고 있었다.

사실 감시는 아니었다.

한빈의 행동이 진심으로 궁금했다.

호위들조차 저리 긴장하고 있는데, 한빈의 표정은 전혀 변함이 없었다.

나무로 치면 사시사철 푸르름을 자랑하는 소나무와도 같았다.

한빈은 주변은 신경 쓰지 않고 보따리에 남아 있는 물건을 바라봤다.

보따리를 바라보던 한빈이 고개를 갸웃하자, 설화가 말했다.

"참, 부탁하신 물건은 향로 안에 있어요."

"그래, 알았다."

말을 마친 한빈은 향로에 담긴 물건을 하나씩 빼내었다.

향로의 안쪽에서는 꽤 많은 물건이 나왔다.

정체 모를 물품들이 계속 쏟아져 나오자 불안에 떨던 유생들조차 주변으로 몰려들었다.

한빈은 그들의 시선에 아랑곳하지 않고 물건을 정리했다.

홍금호에 대한 응급처치를 마친 청화도 한빈을 도왔다.

한빈은 모닥불 옆에 향로를 놓고 기다란 향을 꽂았다.

그러고는 향에 불을 붙였다.

향로를 중심으로 은은한 향이 사방으로 퍼져 나갔다.

모든 것을 옆에서 지켜보던 장유중은 도저히 참을 수 없었다.

"대체 뭐 하는 것인가? 자네."

"보시다시피 향을 피웠습니다."

"그건 아네만, 이곳에서 왜 향에 불을 피운다는 말인가?"

그때였다.

다시 웃음소리가 들려왔다.

껄껄!

이번 웃음소리는 조금 더 컸다.

즉, 적이 더 가까워졌다는 말이었다.

유생들이 다시 외쳤다.

"진짜 귀신인가 보네!"

"그러게 말일세. 대체 오늘 무슨 일이 일어나려고 그러지?"

유생들이 술렁이자 장유중이 외쳤다.

"모두 진정하거라! 이곳은 안전하다!"

말은 이렇게 했지만, 장유중도 이곳이 안전하리라는 확신은 없었다.

다만, 서원의 호위 무사들과 한빈을 믿을 뿐이었다.

그때 한빈이 말했다.

"학장님 말씀이 맞습니다. 이곳은 안전합니다."

사실 이것은 반은 맞고 반은 틀린 이야기였다.

호위들이 예상한 대로 상대는 화경의 고수가 맞았다.

첫 번째 웃음에서 한빈도 바로 알아챘다.

문제는 두 번째 웃음이었다.

호위들은 못 알아채고 있지만, 첫 번째 웃음과 두 번째 웃음은 전혀 다른 사람이었다.

즉, 화경의 고수가 둘이라는 말이었다.

화경의 고수 두 명이 유림 서원을 노린다고?

이건 예상도 못 한 일이었다.

하지만 표정으로 드러내지는 않았다.

장유중이 다급하게 속삭였다.

"이곳이 안전하다고? 그게 정말 사실인가?"

"그 증거가 바로 저 웃음입니다."

"그게 무슨 말인가?"

장유중은 고개를 갸웃했다.

그 모습에 한빈이 말을 이었다.

사실 그도 이렇게 당황해 보기는 이번이 처음이었다.

한빈은 어둠 속을 가리키며 말을 이었다.

"잘 생각해 보십시오. 어르신은 뒤통수를 치면서 미리 말하는 적을 보신 적 있습니까? 하다못해 옛 성현의 말씀을 배왔다는 관리들도 정치 싸움에서는 상대 몰래 허를 찌르지 않습니까?"

"허허……."

장유중은 그저 웃기만 했다.

한빈의 말은 정확했다.

관리들은 모두가 공자와 맹자의 말씀을 받드는 이들이었다.

하지만 그들이 언제 정정당당하게 상대를 누르려 한 적이 있던가?

호시탐탐 상대의 약점을 찾아다니는 모습은 굶주린 승냥이와 다를 바 없었다.

그때 한빈이 말을 이었다.

"관리들도 그런데, 눈 깜짝할 사이에 목이 달아나는 강호는 어떻겠습니까?"

"그럼 여기는 안전하다는 건가?"

"네, 진법으로 보호되어 있습니다. 쉽사리 뚫을 수 없는 진법이니 저희를 밖으로 유인하려는 술책이겠지요."

"아, 진법이라……."

진법이라면 충분히 이해할 수 있었다.

유림 서원이 안전한 이유도 진법 덕분이니 말이다.

진법에 대해서 떠올리던 장유중의 눈이 갑자기 커졌다.

"왜 그러십니까? 학장님."

"그, 그게 아니라, 내 동생이 밖에 있네."

그때 뒤쪽에서 귀에 익은 목소리가 들려왔다.

"걱정 안 하셔도 됩니다. 장혜화 소저는 저와 함께 왔습니다."

장유중은 급히 고개를 돌려 상대를 확인했다.

그곳에는 이곳에 새로 부임해 온 강사 중 한 명인 제갈공려가 서 있었다.

장유중은 고개를 살짝 돌렸다.

제갈공려의 옆에 서 있는 것은 다름 아닌 그의 동생 장혜화.

그녀는 비에 맞은 것처럼 땀에 흠뻑 젖어 있었다.

그 모습에 장유중이 재빨리 다가갔다.

"혹시 부상이라도……."

"아, 아니에요. 오라버니."

"그럼 왜 이리 땀을 흘리느냐?"

"제갈공려 학사님과 진법을 손보느라 뛰어다녔더니 숨이 차서……."

"휴."

장유중은 한숨을 쉬며 장혜화를 살피다가 시선을 돌렸다.

그곳에는 한빈이 있었다.

장유중은 진정된 표정으로 입을 열었다.

"대체 어떻게 된 일인가?"

제갈공려의 얼굴을 한 번 바라본 한빈이 입을 열었다.

"별건 없습니다. 정의맹과 여러 정보를 취합해 보니 누군
가 이곳을 노린다는 정보를 입수했습니다."

"그럼 왜 말하지 않았나?"

"누군가라고만 했지, 그 정체는 모르니까요."

"흠."

"학장님은 평생 뒤통수가 근질거리는 상태로 살고 싶으십
니까?"

"그럴 리가……."

"그래서 그냥 지켜보기만 했습니다. 흔적을 놓치면 평생
후회할 일이 생기니까요."

"그래도 내게 이야기를 해 줬으면 대비하지 않았겠나?"

"학장님은 대쪽 같은 성품의 학자이시죠?"

"……."

장유중은 물끄러미 한빈을 바라봤다.

상대는 자신이 천재라고 인정한 유생이었다.

그 유생이 장유중의 아픈 곳을 찌르고 있었다.

장유중은 아프기도 했지만, 대견하기도 했다.

그때 한빈이 말을 이었다.

"아마 목에 칼이 들어온다고 해도 정식 절차를 밟아 일을
처리하셨을 겁니다. 그러면 이곳을 노리는 자들의 정체는 영
원히 알 수 없겠죠. 중요한 건……."

"계속 말해 보게."

"중요한 건 그들은 다시 음지에 숨어 이곳을 노릴 거라는 점입니다. 물론 누군가가 이곳을 노린다는 것을 모른다면 걱정할 필요도 없겠죠. 하지만 누군가의 목이 떨어져 나갈 것이 뻔합니다."

"흠."

"이제 저희가 할 일은 딱 한 가지입니다."

"그게 뭔가?"

"상대의 정체를 확인하는 일이죠."

"자네가 분명히 말하지 않았나? 우리가 포위됐다고 말일세. 그런데 상대의 정체를 확인하는 것이 가능한가? 아니, 확인한다고 해도 무슨 소용이 있겠는가?"

"정체도 확인하고 적도 잡을 방법은 많습니다."

"무슨 방법이 있단 말인가?"

말을 마친 한빈은 장혜화를 바라봤다.

장혜화는 허리 쪽에서 뭔가를 꺼내더니 장유중에게 건넸다.

"오라버니, 이거 받으세요."

장유중은 반사적으로 장혜화가 건넨 물건을 바라봤다.

"이건?"

"네, 천리신광(千里神光)이에요."

"내 방에 있던 걸 챙겨 왔구나."

장유중의 표정은 눈에 띄게 안정을 찾았다.

천리신광은 폭죽의 일종이었다.

하지만 그 성능은 보통의 폭죽과 달랐다.

하늘을 향해서 쏘면 대낮에도 이곳의 위험을 감지할 수 있도록 설계된 폭죽이었다.

조금 과장을 보태 천 리에서도 확인할 수 있다고 해서 붙여진 이름이 천리신광이었다.

중요한 것은 천리신광이 내는 신호를 누가 확인하는가였다.

이 폭죽이 터지면 봉화를 관찰하던 병사들이 상부에 보고한다.

그러면 가장 가까운 곳에 주둔해 있는 병사들이 움직이게 된다.

반란과 같은 사건이 발생했을 때 사용되는 것이 바로 천리신광.

여기서 중요한 것은 '반란에 사용한다.'라는 말이다.

반란군을 진압하기 위해서 어느 정도의 병사가 필요할까?

먼저 일만이 넘는 군사가 이곳으로 달려올 것이다.

만약 일만이 넘는 군사를 보냈는데, 그 후 연락이 없으면 십만의 군대를 조성한다.

어쨌든 천리신광을 터뜨리면 최소 일만이 넘는 군사가 움직일 수밖에 없었다.

비록 유림 서원의 안전을 위해 황제가 내린 물건이긴 했지만, 사용할 때는 신중할 수밖에 없었다.

그런 이유로 천리신광은 위급한 상황이 아니면 터뜨려서는 안 되었다.

"오라버니가 위험하다고 생각되면 터뜨리세요."

"그래, 알았다."

말을 마친 장유중은 그대로 폭죽을 들고 줄을 당겼다.

순간 날카로운 소리를 내며 폭죽이 하늘 위로 치솟았다.

슝!

그 소리와 함께 하늘 위에서는 불꽃이 수놓아졌다.

하늘에서 잠시 멈춘 오색의 불꽃은 하늘 위에서 천천히 내려왔다.

그 모습에 장혜화가 놀라 외쳤다.

"지금 터뜨리시면 어떻게 해요? 적위 규모라도 확인하고……."

"적의 규모가 무슨 상관이 있겠느냐?"

"그래도 이걸 터뜨리면 대규모의 병력이 이동하잖아요."

"괜찮다. 하나가 됐든 열이 됐든 우리를 위협하는 적은 맞지 않느냐? 중요한 건 백의 병졸보다 여포 같은 한 명의 장수가 무서운 법이다. 그리고 저기 내 제자가 쓰러져 있다. 그것말고 무슨 이유가 필요할까……."

장유중은 말끝을 흐렸다.

갑자기 웃음소리가 더욱 커졌기 때문이다.

껄껄.

소리는 조금 더 가까워졌다.

그때 한빈이 달래듯 말했다.

"저만 믿으십시오."

"……."

장유중은 조용히 한빈을 바라봤다.

처음에는 믿었지만, 웃음소리가 가까워질수록 그 믿음에는 금이 갔다.

한빈을 못 믿어서라기보다는 상대의 무위가 고강했기 때문이다.

학자로서만 평생 학문을 갈고닦은 장유중이 상대의 경지에 대해서 어떻게 알까?

그것은 바로 호위들의 모습 때문이었다.

그는 호위들이 긴장하며 경계할 때만 해도 해볼 만하다고 생각했다.

한빈도 기막을 펼칠 정도의 무위를 보여 줬으니 말이다.

하지만 지금 호위들의 어깨는 이전과 비교할 수 없을 정도로 떨리고 있었다.

아마 그들은 자신이 떨고 있다는 사실을 인식하지 못할 수도 있었다.

눈을 똑바로 뜨고 있지만, 그들의 신체가 반응하고 있는 것이 분명했다.

　장유중도 이젠 상대의 경지를 확신할 수 있었다.

　지금 상태로는 달걀로 바위 치기였다.

　강호에 나가도 누구에게 지지 않는다고 자신하던 절정의 호위들이 저렇게 떠는 것은 처음 봤다.

　장유중의 눈동자가 갈피를 잡지 못하고 있을 때였다.

　제갈공려가 나타났다.

　"걱정하지 마세요, 학장님."

　"제갈공려 학사는 걱정이 안 됩니까?"

　"저야 강호에서 이런저런 일을 많이 겪었으니까요."

　"그러고 보니……."

　장유중의 눈이 커졌다.

　제갈공려가 무림인이라는 것은 까마득하게 잊고 있었다.

　그 눈빛을 본 제갈공려가 나지막이 말을 이었다.

　"그때도 팽한빈 유생의 도움을 받았지요."

　"그게 무슨 말입니까?"

　"자세히는 말씀드릴 수는 없지만, 이와 비슷한 일이 있었습니다. 제갈세가 모두가 그에게 은혜를 입었죠. 그러니 학장님도 마음을 내려놓으세요."

　"하지만 저리 젊은 유생이……. 물론 기막을 펼칠 정도로 무위가 높다는 건 알고 있소. 하지만 상대는 절정의 경지에 있는 우리 호위들이 저리 겁을 먹을 정도입니다."

"아마도……."

제갈공려는 살짝 말끝을 흐렸다.

지금의 적이 사천당가에서 마주했던 암제와 금선만큼 강할까?

그것은 아니라고 생각했다.

무공의 경지는 모르겠지만, 그때와 지금을 비교하면 정반대의 상황이었다.

이곳에 어찌 왔는지는 모르겠지만, 함정을 파고 기다리는 것은 적이 아니라 아군이었다.

제갈공려도 한빈의 의도한 바를 완벽히 알고 있지는 못했다.

그녀는 한빈이 정확한 의도를 전달하지 않은 이유를 알고 있었다.

아마도 적을 속이려면 자신부터 속이라는 손자병법의 구절 때문일 것이다.

생각을 이어 가던 제갈공려는 고개를 갸웃하며 코끝을 매만졌다.

갑자기 어디선가 이상한 향기가 났기 때문이었다.

그것은 분명히 음식 냄새였다.

동시에 장유중도 두리번거렸다.

그도 냄새를 맡은 것이다.

냄새의 원인을 찾던 장유중은 눈을 크게 떴다.

냄새가 나는 쪽은 모닥불을 피워 놓은 곳이었다.

모닥불 위에서는 꼬치가 익고 있었다.

꼬치에서 흘러내리는 기름 때문에 모닥불의 불꽃이 갑자기 확 일어난다.

꼬치를 굽는 것은 설화와 청화 그리고 소군이었다.

저절로 군침이 돌기는 하지만, 지금은 그럴 때가 아니었다.

목숨이 오락가락하는 이 순간에 꼬치를 굽는다는 것이 말이 안 된다고 생각했다.

장유중은 근엄한 표정으로 그곳으로 걸어갔다.

그는 걸어가면서 유생들의 표정을 살폈다.

지글지글 익는 고기 꼬치를 바라보던 유생들은 평상시처럼 안정을 찾았다.

그때 제갈공려의 목소리가 들렸다.

"보셨죠? 일단 유생들이 안심하고 있잖아요."

"흠."

"아마 적도 안심할 거예요."

"과연 그럴까요?"

"뭐, 적이 방심하지 않는다고 해도 의문은 가지겠죠. 그러면서 우리는 시간을 벌 수 있고요."

"알겠소이다, 제갈공려 학사."

장유중은 마음을 바꿔 모든 것을 한빈에게 맡기기로 했다.

그때 다시 웃음소리가 들려왔다.

껄껄!

이번에는 조금 더 소리가 가까워졌다.

모두가 흠칫할 때 한빈이 손을 내밀었다.

"일단 이것부터 드시죠."

한빈이 내민 것은 고기 꼬치였다.

장유중은 말없이 한빈을 바라봤다.

"……."

"다 먹고살자고 하는 일 아닙니까? 일단 드시죠. 긴 밤이될지도 모릅니다, 학장님."

"음, 알았네."

장유중은 꼬치를 건네받았다.

그러고는 한 입 베어 물었다.

순간 장유중의 눈이 커졌다.

태어나서 처음 맛본 진미였기 때문이다.

솔직히 황궁의 진수성찬보다도 더 입에 맞았다.

장유중은 꼬치 덕분에 잠시 시름을 잊을 수 있었다.

그때 장혜화가 꼬치를 굽고 있는 한빈의 곁으로 다가왔다.

한빈은 재빨리 그녀에게 꼬치를 내밀었다.

"이거 드십시오. 그런데 얼마나 버틸 것 같습니까?"

"아무래도 두 시진 정도밖에 버티지 못할 것 같아요."

그 말에 옆에 있던 장유중은 목이 멘 듯 기침을 해 댔다.

"컥, 그럼 두 시진 뒤에는 어떻게 된단 말인가?"

"저들이 죽든 우리가 죽든 생사가 갈리겠죠. 아니면, 천리신광을 본 병사들이 이곳으로 도착하든가요."

"그건 불가능하네. 최소한 하루는 걸릴 걸세."

"염려하지 마세요. 두 번째 대비책도 있으니까요."

"자네에게도 세 개의 비단 주머니가 있다는 건가?"

비단 주머니는 제갈량이 조자룡에게 전해 준 비단 주머니를 빗대어 말한 것이었다.

앞일을 예견하고 건넨 제갈량의 비단 주머니 덕분에 조자룡과 유비는 위기를 넘기게 되었다.

이것은 자네가 제갈량이냐는 뜻도 포함되어 있었다.

그의 말에 한빈은 빙긋 웃었다.

"세 개인지는 모르겠습니다."

그 말에 옆에서 꼬치를 굽고 있던 소군이 말했다.

"우리 공자님은 뭐든 알고 계시거든요!"

설화와 청화에게 전염된 소군은 자신 있게 외쳤다.

그때 소군의 옆에 있던 유생 하나가 다급히 끼어들었다.

"맞습니다. 팽한빈 유생은 모든 것을 알고 있습니다. 믿어야 합니다."

그 말에 한빈이 고개를 갸웃했다.

처음 보는 유생이었다.

상당히 왜소한 체격의 유생은 강의실에서 본 적이 없었다.

의문도 잠시, 한빈은 일단 넘어갔다.

한빈이 모든 강의를 들은 것도 아니고, 유생 중 몇몇은 얼굴을 모르는 자도 있었다.

거기에 소군과는 약간 안면이 있는 듯 보였다.

한빈은 장유중의 표정을 보고는 눈을 가늘게 떴다.

왜소한 체격의 유생을 바라보는 장유중의 눈빛이 살짝 떨렸기 때문이다.

장유중은 더는 질문을 던지지 않고 조용히 하늘을 바라봤다.

그때 장혜화가 관심 가득한 눈으로 한빈을 바라봤다.

"소군의 말이 사실이라면 저는 한 가지를 묻고 싶어요."

"어떤 점이 궁금하십니까?"

"적은 진법에도 조예가 깊은 것 같아요."

"왜 그렇게 생각하시죠?"

"제가 본 적은 적어도 스물이 넘어요. 그 많은 적이 여기에 들어오려면 제가 짠 진법을 뚫어야 가능하거든요. 그런데 기척도 없이 이곳에 들어왔어요."

"적은 아마 진법에 대해서는 잘 모를 수도 있습니다."

"헉, 그게 무슨 말이에요?"

"저들은 밖에서 들어온 자가 아니라는 얘기죠."

"대체 어떻게……."

"이곳의 일꾼은 어떻게 관리하십니까?"

그때 장유중이 나섰다.

"우리는 일꾼을 들일 때 철저하게 신분을 조사한다네. 그리고 이곳의 일꾼은 나라에서 뽑은 자들일세. 만약에 그들을 의심한다면 그건 자네의 오판일세. 이 년마다 한 번씩 필요한 일꾼을 충당하면서도 관의 추천을 받아 채용한다네."

"아마 그들 중 몇몇은 신분을 위장한 자들일 수도 있지 않습니까?"

"말했다시피 몇몇을 제외하면 일꾼들은 이 년마다 바뀌네. 남아 있는 자는 그렇게 많지가 않지."

"혹시 말입니다. 이곳에 들일 때 말고 나갈 때는 살피셨습니까?"

"나갈 때라면……."

"서원의 휴식 기간에는 모든 유생과 일꾼을 밖으로 내보낸다고 들었습니다."

"그건 사실이네."

"그때 서원에 남아 있는 자가 있을 수도 있지 않습니까?"

"오랜만의 휴가인데 남아 있을 자가 누가……."

장유중은 말끝을 흐렸다.

자신의 실책을 깨달은 것이었다.

만약에 나쁜 뜻을 품고 들어온 자가 있다면 휴가 따위를 신경 쓰겠는가?

한빈이 말을 이었다.

"아마 이 년마다 바뀐 일꾼 중 이곳에 남은 자가 있을 겁니다."

"그렇다면……."

장유중은 한빈의 말을 단번에 이해했다.

적이 마음만 먹는다면 이곳에 남아 그 수를 늘릴 수 있다는 말이었다.

"그자들은 서원의 어딘가에 숨어서 지냈겠죠. 그리고 수가 늘어나자 이제는 때가 되었다고 느낀 것이겠죠. 아니면 목표로 한 자가 이곳에 들어왔든가요."

한빈은 슬쩍 고개를 돌려 유생들을 바라봤다.

유생 중 하나가 목표일 수도 있다는 뜻이다.

그때였다.

주변에서 바위 깨지는 소리가 들려왔다.

쿠아앙!

그 소리에 장혜화의 눈빛이 살짝 떨렸다.

"반 시진도 못 갈 것 같아요."

"그럼 슬슬 준비를 해야겠군요."

말을 마친 한빈은 조용히 뒤돌아섰다.

그러고는 만월경을 향해 걸어갔다.

만월경을 향해 걷던 한빈이 잠시 멈추고 뒤를 돌아봤다.

"제가 돌아올 때까지 절대로 움직이시면 안 됩니다."

"알았네. 그런데 어디로 간다는 말인가? 말이라도 해 주고……."

장유중은 입을 벌렸다.

한빈이 눈앞에서 사라졌기 때문이다.

더욱 놀란 것은 장혜화였다.

"어?"

그 소리에 장유중이 물었다.

"팽 유생이 사라졌어요."

"그건 나도 보았다."

"그, 그게 아니라 진법 밖으로 나가지 않았어요. 그런데 눈에 보이지 않잖아요. 이럴 수는 없어요."

장혜화가 다급하게 주변을 살폈다.

한참을 살피던 장혜화가 고개를 흔들었다.

"진짜 어떤 흔적도 없어요."

"그게 무슨 말인가요? 동생."

제갈공려가 다급하게 물었다.

이제는 편하게 언니와 동생 사이로 지내기로 한 둘이었다.

장혜화가 다시 고개를 흔들었다.

순간 제갈공려의 눈빛도 살짝 흔들렸다.

장혜화와 제갈공려는 한빈의 부탁으로 이곳 주변에 임시로 진법을 펼쳤다.

비록 진법의 효력은 급속도로 쇠약해지고 있지만, 아직 진법은 깨지지 않은 상태였다.

　그런데 한빈의 자취를 찾을 수 없다고 하니 놀랄 수밖에 없었다.

　한빈이 신출귀몰한 경공술을 가지고 있는 것은 제갈공려도 알고 있었다.

　만약 한빈이 진법 밖으로 나갔다고 하면 장혜화가 알아차려야 했다.

　장혜화는 이 진법의 주인.

　즉 이 진법 안의 공간은 장혜화의 것이라고 봐도 되었다.

　아무리 경공술이 뛰어나다고 해도 방문을 열지 않으면 밖으로 나갈 수 없지 않은가?

　한빈은 말하자면 지금 방문도 열지 않고 밖으로 빠져나간 것.

　아니면 이곳에 몸을 숨겼든가.

　하지만 한빈의 모습은 어디에도 보이지 않았다.

　만월경을 중심으로 모닥불을 피워 놓은 공간까지.

　지금 그들이 있는 장소는 생각보다 좁았다.

　아무리 봐도 숨어 있을 곳은 없었다.

　당황한 장혜화가 제갈공려를 바라봤다.

　"혹시……."

　"무슨 얘기를 하고 싶으신 건가요? 동생."

　"팽 유생 말이에요. 혹시 자기만 살자고 튄 건 아닐까요?

언니."

제갈공려는 재빨리 고개를 흔들었다.

"그럴 리는 없어요. 전에도 이와 비슷한 일이 있었어요. 그는 다른 이를 저버리지 않아요."

"그래도……."

"도망갈 기회가 있어도 자신의 목숨을 걸고 타인의 목숨을 지키는 사람이에요."

제갈공려는 귀락천에서부터 사천당가로 이어진 전투를 떠올렸다.

마주 보던 장혜화도 뭔가 생각난 듯 눈을 빛냈다.

장혜화는 자신의 품속을 매만졌다.

안에는 한빈이 줬던 돈이 들어 있었다.

"네. 저도 팽한빈 유생의 성품은 알고 있어요, 언니."

장혜화와 제갈공려는 서로를 바라보며 고개를 끄덕였다.

물론 믿음의 원인은 서로 달랐다.

제갈공려가 입을 열었다.

"오죽하면 하북에서는 생불이라고 불릴까요? 생불이라고 하면 하북 사람들 모두가 알아요."

"호, 혹시……. 천수장의 생불이라는 사람이 팽한빈 유생이었어요?"

"네, 맞아요. 그 이름을 동생이 어떻게 알고 있어요?"

"천수장의 생불은 군자현에서도 유명해요. 사람들이 천수장의 생불 좀 닮아 보라고 입버릇처럼 말하는걸요. 그런데 그게 팽한빈 유생이었다니!"

장혜화가 입을 벌렸다.

"뭐, 생불이라는 칭호를 듣는 사람이 우릴 버릴 수는 없죠."

"네. 그런데 조금 이상해요."

"뭐가 이상한가요? 동생."

"저쪽을 보세요. 저 유생들은 팽한빈 유생의 정체에 대해서 모르고 있는데 어떻게 저리 태평하죠?"

제갈공려는 뒤쪽을 바라봤다.

그곳에는 설화가 아무렇지도 않게 고기 꼬치를 굽고 있었다.

청화나 소군도 마찬가지였다.

마치 아무 일도 없다는 듯 묵묵히 자신의 할 일을 했다.

다른 유생들도 아무렇지 않게 허기진 배를 채우고 있었다.

불행 중 다행이었다.

지금 유생들이 우왕좌왕한다면 한빈이 돌아오더라도 대비할 수 없을 터였다.

우리 안에 들어 있는 토끼는 보호할 수 있어도, 우리를 뛰쳐나온 토끼를 맹수로부터 보호할 수 없는 법이었다.

보호한다고 해도 전부를 보호할 수는 없다.

우왕좌왕 숲으로 흩어진 토끼를 무슨 수로 보호하겠는가?

유생들을 바라보던 제갈공려가 고개를 갸웃했다.

생각해 보니 유생들이 편안한 얼굴을 하고 있다는 것이 이해가 되지 않았다.

제갈공려는 유생들의 눈을 자세히 바라봤다.

순간 그녀는 자신도 모르게 입을 벌렸다.

유생들이 당황하지 않은 이유를 눈치챘기 때문이다.

유생들은 아직도 미혼산의 기운에서 완전히 벗어나지 못한 것이 분명했다.

제갈공려는 한빈의 말을 그제야 떠올렸다.

한빈은 이곳 유생들의 상태는 그리 신경 쓸 필요가 없다고 했다.

굳이 해독하려고 하지 말라고도 했다.

처음에는 그게 무슨 말인지 몰랐었다.

하지만 지금은 그 의미를 알 것만 같았다.

만약 미혼산의 효과가 완전히 사라진다면 저렇게 태연히 꼬치구이를 먹을 리 없었다.

아니, 어쩌면 설화가 뿌리는 양념에 미혼산이 소량 섞여 있을 수도 있었다.

미혼산에 당하지 않았던 유생들조차 태연하게 음식을 즐기고 있으니 말이다.

그때, 웃음소리가 제갈공려의 상념을 깨웠다.

껄, 껄!

다시 웃음소리가 들려온 것이다.

제갈공려는 주변을 살폈다.

설화와 청화는 미동도 하지 않았다.

장유중도 아무렇지 않게 소군의 옆에 앉아 있었다.

정확히는 소군이 아닌, 처음 보는 유생의 옆에 앉아 있었다.

그때 장혜화가 다급히 말했다.

"진법이 거의 파훼됐네요. 아무리 생각해도 이해가 안 돼요. 적의 무공이 아무리 고강해도 진법이 이렇게 힘없이 깨질 수는 없는 법이거든요."

"저도 그 점에 대해서는 이상하게 생각하고 있어요. 진법의 기둥이 멀쩡한데 버틸 수 있는 수명이 줄어든다는 게 조금 이상해요."

"지금은 그걸 따질 때가 아닌 것 같아요. 아무래도 자리를 피해야 할 것 같아요."

"흠."

"조금 있으면 적의 모습이 보일 거예요."

"그럼 적의 모습을 확인하고 갈 테니, 먼저 피하세요."

"아니에요. 다 같이 확인하고 가는 편이 좋겠어요."

장혜화는 정자가 있는 앞쪽을 가리켰다.

그곳은 진법의 정문이었다.

물론 진법에는 빠져나갈 수 있는 비상구도 있었다.

모든 진법이 그렇듯 예외라는 게 있는 법이었다.

보통은 빠져나가는 문을 쪽문이라 부른다.

하지만 바로 진법을 벗어날 수는 없었다.

쪽문 뒤에 적이 없으리란 법이 없었기 때문이다.

제갈공려는 한빈이 위험에 벗어날 해답을 가지고 오리라 믿었다.

쿠아앙!

다시 폭발음이 울렸다.

순간 정자 쪽에서 희미하게 적의 신형이 드러났다.

적은 아직은 진법의 안쪽을 볼 수 없었다.

오직 진법 안에서만 밖을 볼 수 있을 뿐이었다.

제갈공려가 날듯이 앞으로 나아갔다.

진법이 거의 파훼되었다.

이 때문에 밖에 있는 자들을 똑똑히 볼 수 있었다.

그들은 마치 산적과 같은 복장을 하고 있었다.

겉에는 가죽으로 만든 옷을 입고 있지만, 복면을 쓰는 것만은 잊지 않았다.

다만 둘만이 전혀 다른 복장을 하고 있었다.

그것은 한 쌍의 남녀였다.

여자는 하얀 옷을 입고 있었으며 남자는 청색의 비단옷을 입고 있었다.

무복도 아니고 행사 때나 입는 비단옷이었다.

얼핏 봐서는 서른 안팎 정도 되어 보이는 외모였다.

하지만 강호에서는 외모로 나이를 판단할 수 없는 법이었다.

그때 귀에 익은 목소리가 들려왔다.

"음양쌍마(陰陽雙魔)예요."

"……."

제갈공려는 깜짝 놀라 고개를 돌렸다.

그곳에는 한빈이 웃고 있었다.

사라졌던 한빈이 다시 나타난 것이다.

한빈은 씩 웃으며 말을 이었다.

"음양쌍마가 분명하네요. 저런 옷에 화경의 고수라면 생각나는 사람이 음양쌍마밖에 없잖아요."

"팽 공자, 음양쌍마라면 전대의 인물이 아닌가? 그럼 마교가?"

"마교에서도 낙인찍혔던 고수들이죠. 삼십 년 전에 마교에서 뛰쳐나온 뒤에는 정, 사, 마, 어디에서도 모습을 드러내지 않았던 인물인데……."

한빈은 그들을 바라봤다.

한참 동안 살피던 한빈은 조용히 입을 열었다.

"일단은 튀는 게 좋을 것 같아요."

"튄다고?"

"네. 일단 다들 이쪽으로 오시죠."

한빈은 제갈공려와 장혜화를 모닥불 근처로 데려갔다.

그러고는 재빨리 설명을 시작했다.

"여러분, 이제부터 제가 하는 말을……."

한빈의 설명은 간단했다.

적들이 쳐들어오기 전에 이곳을 벗어나자는 말이었다.

이상한 것은 비상식량을 챙기라는 지시였다.

조금 전 향로에서 꺼낸 물건 중 비상식량의 역할을 할 건량이 꽤 많았다.

한빈의 지시에 모두는 비상식량을 챙겼다.

모두가 자리에서 일어나자 제갈공려가 말했다.

"흔적은 내가 지우겠어요, 팽 공자."

제갈공려가 가리킨 것은 모닥불과 향로였다.

한빈이 손을 내저었다.

"아닙니다. 흔적은 안 지우셔도 됩니다."

한빈은 도리어 향로에 남은 향을 모두 넣고 불을 붙였다.

향로에 담긴 향은 마치 횃불처럼 타올랐다.

한빈이 손짓하자 장혜화가 앞장섰다.

진법의 쪽문으로 안내하기 위함이었다.

그 모습에 한빈이 다급하게 말을 이었다.

"장 소저님, 그쪽으로 나가시면 안 됩니다."

"네? 이쪽이 맞는데요."

"그쪽은 늑대가 기다리고 있습니다. 이빨로 봐서는 호랑이보다 더 무서운 놈일 수도 있습니다."

"그게 무슨……."

"전호후랑이라는 말이 있죠. 지금이 딱 그 상황입니다. 우연인지 아니면 계획된 일인지는 모르겠지만, 호랑이와 늑대떼가 모두 이곳을 노리고 있습니다."

"음."

"문제는 호랑이와 늑대가 한편인지 아닌지도 아직 모른다는 점입니다. 일단은 그들이 찾을 수 없는 곳으로 튀는 게 정답입니다."

"여기에 그런 곳이 어디 있어요?"

"이쪽으로 오시죠."

한빈은 휘적휘적 앞서 나가기 시작했다.

한빈이 멈춘 곳은 바로 만월경에서 열 걸음 정도 떨어진 바위였다.

만월경의 가운데 있는 바위는 하얀색이지만, 그곳에 있는 바위는 검은색이었다.

한빈은 검은색 바위 쪽으로 걸어갔다.

그 모습에 뒤를 따라가던 장혜화가 말했다.

"그쪽에는 길이……."

그녀는 말을 잇지 못했다.

검은색 바위 뒤에 처음 보는 작은 통로가 보였기 때문이다.

사실 장혜화보다 이 유림 서원을 더 잘 아는 사람은 없었다.

이곳의 진법을 모두 총괄하는 장혜화는 지나가다 차이는 돌의 변화까지 알고 있다고 자신할 수 있었다.

그런데 처음 보는 통로가 눈앞에 떡하니 나타난 것이다.

아마도 한빈이 흔적도 없이 사라졌던 것은 이곳 통로와 상관있는 것이 분명했다.

장혜화가 통로 앞에서 멍하니 있자 한빈이 말했다.

"뭐 하세요? 안 들어가고요?"

"여, 여기로 들어가라고요?"

"제일 안전한 방법입니다."

"아, 알았어요."

말을 마친 장혜화는 안으로 들어갔다.

그것을 시작으로 통로의 안쪽으로 사람들이 들어가기 시작했다.

최유지도 안쪽으로 들어갔고 양석봉도 그 뒤를 따랐다.

장유중은 왜소해 보이는 유생을 끌고 들어갔다.

한빈은 그 모습에 고개를 갸웃했다.

마치 유생에게 허리를 숙이는 것 같은 착각이 들었기 때문이다.

왜소해 보이는 유생은 한빈을 물끄러미 보더니 장유중에게 끌려 들어갔다.

이제 남은 것은 제갈공려와 설화 그리고 청화와 소군이었다.

한빈은 그들을 한번 쓱 훑어보더니 말을 이었다.

"제갈공려 학사님도 들어가시죠."

"내가 돕는 게 나을 텐데요. 백지장도 맞들면 낫다는 강호 속담이 있잖아요."

"백지장이 아니라 떨어지는 칼날입니다. 떨어지는 칼날을 잡을지 피할지는 순발력이 필요하지요."

"무슨 말인지 알겠어요. 둘의 뜻이 맞지 않는다면 아마 한 사람의 손은 두 동강 날 거란 거죠?"

"네, 맞습니다. 그런데 제가 발이 조금 빠르니⋯⋯."

한빈이 슬쩍 말끝을 흐렸다.

보름달이 다시 뜰 때

제갈공려가 고개를 끄덕이며 입을 열었다.

"두 동강 나는 건 제가 되겠네요."

그녀도 이제는 상황이 정확히 판단된 것이다.

그녀도 화경의 고수 둘이 의미하는 바를 알고 있었다.

제갈공려의 표정을 본 한빈이 웃었다.

"그럼 이해해 주는 것으로 알겠습니다."

"그래도 뭔가……."

제갈공려가 아쉬운 듯 입맛을 다셨다.

그때 먼저 들어간 장유중이 다급하게 외쳤다.

"제갈공려 학사는 팽한빈 유생의 말에 따르시오!"

제갈공려는 고개를 갸웃했다.

장유중의 목소리가 다급했기 때문이다.

평소의 장유중이라면 저리 말하지는 않았을 것이다.

장유중은 남의 목숨을 도외시하는 사람이 결코 아니었으니까.

제갈공려가 지금 걱정하는 것은 한빈만을 적지에 남겨 두는 것이었다.

적을 확인한다고는 하지만, 혼자 밖에 남아 있다가는 어찌될지 모르는 일이었다.

그런데 저리 냉정히 말한다는 것이 이해가 되지 않았다.

그때 한빈이 말했다.

"다 사정이 있는 것 같습니다. 아무래도 귀빈이 오신 모양입니다."

"귀빈이라고요?"

"네, 귀빈이지요."

한빈이 씩 웃으며 품에서 서찰 하나를 건넸다.

반사적으로 서찰을 받은 제갈공려가 서찰을 열어 보려 했다.

한빈은 재빨리 손바닥을 보이며 막았다.

"그건 나중에 보시지요."

"믿어도 될까요?"

"안쪽은 안전할 겁니다."

"우리의 안전이 아니라 팽 공자의 안전을 말하는 거예요."

"물론 저도 안전할 겁니다. 세상에 저보다 강한 사람은 많아도 저보다 빠른 사람은 그리 많지 않을 테니까요."

"그럼 믿을게요."

제갈공려가 고개를 끄덕이자 옆에 있는 설화와 청화가 나섰다.

"저희는 준비됐어요."

"너희도 들어가거라."

"네?"

설화가 당황한 듯 눈을 크게 떴다.

그 모습에 한빈이 뒤쪽을 가리키며 말했다.

"떨어지는 칼을 잡을지 피할지를 결정해야 한다. 나 혼자면 충분하다. 아니, 나 혼자가 편하다."

"……."

설화가 물끄러미 바라보자 한빈이 소군을 가리켰다.

"너희는 소군을 지키거라."

"일단 알겠어요. 하지만 위험하면 저희를 부르셔야 해요."

"약속하지."

한빈이 고개를 끄덕였다.

그때였다.

뒤쪽에서 무언가 터지는 듯한 굉음이 울려 퍼졌다.

쿠아—앙!!

그 소리에 고개를 돌려 보니, 진법의 정문 역할을 하던 정자가 먼지에 휩싸이고 있었다.

한빈은 설화를 안쪽으로 밀어 넣었다.

설화와 함께 청화와 소군도 밀려 들어갔다.

순간 한빈이 낙엽 밟는 소리와 함께 사라졌다.

사사—삭.

한빈이 사라진 자리를 바라보던 제갈공려가 다급하게 물었다.

"입구는 어떻게 닫는 거지?"

"입구요?"

설화가 멍하니 뻥 뚫린 공간을 바라봤다.

이곳에 숨어 있으라고 했지만, 통로의 입구는 휑했다.

순간 앞쪽에 있던 거대한 검은색 돌이 움직이기 시작했다.

스륵.

마치 기름이라도 발라 놓은 것처럼 별다른 소리도 내지 않고 움직이는 돌.

그 돌은 이 통로로 들어오기 전에 봤던 돌이 분명했다.

설화가 멍하니 있자 제갈공려가 다가왔다.

"이런 곳에 생각지도 못할 기관 장치가 있다니 놀랍지?"

"기관 장치요?"

"그래, 이건 아무래도 오래전 만들어진 장치 같아. 진법의 흔적이 없는 것으로 봐서 순수한 기관 장치가 분명한데, 어떻게 움직이는지는 모르겠네."

"그런데 좀 이상하지 않아요? 제갈 언니."

설화는 호칭을 바꾸었다.

이곳은 전쟁터.

이제는 강사와 제자가 아니었기 때문이다.

설화가 통로를 가리키자 제갈공려가 고개를 갸웃했다.

그때 뒤쪽에 있던 장혜화가 다가왔다.

"횃불도 없는데 통로가 환하네요, 언니."

"그러고 보니……."

제갈공려는 그제야 이 통로가 이상함을 느꼈다.

그녀는 통로를 바라보며 입을 벌렸다.

"어떻게 이런 일이 있을 수가 있지?"

"그렇죠. 언니, 벽에서 빛이 새어 나오고 있어요. 그리고 이쪽으로 와 보세요."

장혜화는 제갈공려를 잡아끌었다.

그곳으로 간 제갈공려는 눈을 크게 떴다.

생각보다 넓은 공간이 자리 잡고 있었다.

그곳은 마치 강의실 같았다.

책상과 의자가 가지런히 놓여 있었고 앞쪽에는 강단이 자리 잡고 있었다.

재미있는 것은 책상과 의자가 모두 돌로 깎아 만든 것이라는 점이었다.

장혜화는 제갈공려를 이끌고 강단이 있는 곳으로 갔다.

그곳에는 유림 서원의 강의실과 마찬가지로 족자가 걸려 있었다.

정확히는 걸려 있는 것이 아니라 새겨져 있다고 봐야 했다.

돌로 깎아 만든 책상과 의자처럼, 족자도 벽면을 새겨서 만든 것이었다.

그런데 너무 정교해서 마치 진짜 족자가 걸려 있는 듯한 착각이 일게 만들었다.

장혜화는 족자를 가리켰다.

"언니, 저걸 보세요. 저기도 눈이 있죠?"

"그렇다면 저 눈이 혹시……."

제갈공려는 말끝을 흐리며 벽에 새겨진 그림을 향해 다가갔다.

그림은 구름을 타고 있는 고양이였다.

선묘도에 나오는 고양이가 맞았다.

그 고양이는 구름 위에서 세상을 내려다보고 있었다.

제갈공려는 고양이의 눈을 응시했다.

순간 고양이의 눈에서 신선한 바람이 흘러나왔다.

휘익.

제갈공려가 재빨리 얼굴을 갖다 댔다.

"아, 그랬구나!"

제갈공려가 탄성을 질렀다.

고양이의 눈은 밖과 연결되어 있었다.

그때 장혜화가 다른 쪽 벽을 가리키며 말했다.

"강의실은 여기 하나가 아닌 것 같아요. 일단은 모두 여기 모여 있지만, 나머지는 저희가 찾아봐야 할 것 같아요."

"그러고 보니……."

제갈공려는 품을 뒤적였다.

한빈이 전해 준 서찰이 기억났기 때문이다.

다급하게 서찰을 확인한 제갈공려의 눈이 커졌다.

한빈은 만월경의 하얀 바위를 잠시 바라보다가 고개를 돌렸다.

그의 손에는 한 자루의 단검이 들려 있었다.

한빈이 들고 있는 단검은 다름 아닌 만월이었다.

한빈은 입가에 미소를 띠었다.

홀로 적을 맞이하는 무인이라고는 볼 수 없었다.

만월경의 하얀 돌은 뒤쪽의 비밀 공간을 여는 문이었다.

그 열쇠는 바로 한빈이 들고 있는 만월이고 말이다.

사천에서 백미랑이 준 만월이 어떻게 이곳의 열쇠가 되는지까지는 알아내지 못했다.

여기까지 알아낸 것만 해도 천운이었다.

서른 개의 지(智) 자가 심화편에 들어 있지 않았다면 풀 수 없었을 터.

한빈은 이 모든 것을 입수한 선묘도를 통해서 알아냈다.

선묘도의 배경에는 항상 보름달이 떠 있었다.

거기에 신선 고양이의 발톱은 뭔가와 많이 닮아 있었다.

그 뭔가는 바로 한빈이 들고 있던 만월이었다.

사실 이 모든 것을 유추하려면 모든 선묘도를 이어 붙여야 했다.

하지만 한빈은 향상된 지혜 덕분에 오늘 문을 열 수 있게 된 것이었다.

재미있는 것은 열쇠가 있다 하더라도 보름달이 뜨는 날짜가 아니면 문을 열 수 없다는 점이었다.

만월을 꽂으면 문이 열리고.

만월을 하얀 바위에서 빼내면 문이 닫힌다.

이것이 숨겨진 문을 여는 규칙이었다.

한빈이 같이 숨으려고 해도 어차피 불가능했다는 말이었다.

물론 한빈은 절대 몸을 숨길 수 없었다.

적에게서 얻을 것이 있으니 말이다.

한빈은 용린검법을 바라보며 여유 있게 웃었다.

아마 서른 개의 지 구결이 없었다면, 입수한 선묘도를 분석할 엄두도 못 냈을 것이 분명했다.

한빈은 천천히 모닥불이 있는 곳으로 걸어갔다.

손님 맞을 준비를 하기 위함이었다.

한빈은 꼬치를 모닥불 위에 올렸다.

그리고 남은 향을 모두 모닥불 속에 쏟아 넣었다.

남은 향이 모닥불 속에서 이글이글 타자, 주변은 향내로 진동했다.

한빈은 팔짱을 끼고 손님을 기다렸다.

한빈이 바라보는 곳은 정자가 있던 쪽이었다.

먼지가 가라앉자 수십 명의 신형이 모습을 드러냈다.

그들은 여유 있게 모닥불이 있는 곳으로 다가왔다.

가장 앞에서 다가오는 것은 음양쌍마였다.

사실 한빈도 음양쌍마를 본 적은 없었다.

다만, 정의맹의 장서각에 있던 그들의 자료를 보았을 뿐이다.

그들의 자료는 정의맹에서도 대외비였다.

사람들의 불안감을 초래할 수 있다는 의미에서 정의맹의 맹주는 그들의 자료를 대외비로 감추었다.

그들의 무공은 마교에서도 금기시되는 무공이었다.

혈조신공(血操神功).

혈조라는 단어 그대로 그들이 사용하는 무공은 조법이었다.

혈조신공은 상대의 피를 흡수해서 내력을 발전시키는 기

묘한 무공이었다.

무공을 익히려면 누군가의 목숨을 빼앗아야 하는 이기적인 수법을 누가 인정하겠는가?

힘을 숭상하는 마교였지만, 그들의 수법은 사이비라 생각했다.

한빈은 두 개의 거대한 기운을 느낄 수 있었다.

물론 암제나 지선에게서 느꼈던 벽은 찾을 수 없었다.

그것은 분명히 벽이었다.

만약 다시 싸운다면 이길 수 있을까?

단언컨대 확신할 수 없었다.

암제와 지선보다는 약하지만, 안심할 수 없는 것은 그들이 둘이라는 점이었다.

거기에 더해 그들을 따르는 무리까지!

한빈은 그들에게 받을 것만 받고 나면 이 자리를 뜰 생각이었다.

한빈은 지글지글 타는 꼬치 하나를 들었다.

그러고는 한 입 베어 물었다.

음식을 먹었지만, 한빈은 배고픔을 느꼈다.

한빈은 진법의 입구를 보며 배를 어루만졌다.

실제로 배고픈 것은 아니었다.

바로 먼지 사이에서 빛을 내는 황금빛 점이 배고픔을 느끼게 했다.

그것은 구결을 향한 갈망.

한빈이 눈을 가늘게 뜨고 있을 때였다.

쿵. 쿵.

내공이 실린 발소리가 사방에 울렸다.

뒤쪽에 있던 연못의 물이 찰랑거릴 정도.

먼지를 뒤로한 채 두 명의 남녀가 나타났다.

바로 음양쌍마였다.

그들 뒤에는 산적 차림의 무사들이 등장했다.

흰색 비단의 여인이 걸음을 멈추자 동시에 모두가 제자리에 섰다.

마치 잘 훈련된 병사들을 보는 것 같았다.

그들과 한빈과의 거리는 불과 열 걸음.

한빈이 다시 꼬치를 베어 물며 말했다.

"때깔이 곱구려, 음마혈녀(陰魔血女)."

음마혈녀는 음양쌍마 중 여인의 이름이었다.

"……."

"내가 당신의 정체를 안다는 게 놀라운 건가?"

"겁이 없다고 해야 할지, 세상을 모른다고 해야 할지?"

그녀의 말에 한빈이 웃었다.

"진짜 음양쌍마가 맞았구려, 하하."

한빈은 진득한 웃음을 지었다.

한빈이 그들의 이름을 부른 이유는 간단했다.

마지막으로 확인하기 위해서였다.

정의맹의 자료에서만 본 마두였다.

마교에서조차 축출된 희대의 마두.

미리 확인하고 대처할 필요가 있었다.

일단은 상대가 음양쌍마라는 것을 정확히 안 것도 이번 대화의 수확이었다.

혈녀의 미간이 꿈틀댔다.

혈녀가 노기 띤 표정으로 입을 열었다.

"네놈이 나를 시험하다니? 간이 배 밖으로 나왔구나!"

"혹시 그거 아시오?"

"무엇을 말이냐?"

"사람은 간이 배 밖으로 나오면 죽습니다. 장기를 밖으로 내놓고 살아 있는 자는 본 적이 없소."

"이놈이 나와 농담을…….".

"잠시만 기다리시오."

한빈이 손바닥을 보였다.

갑작스러운 상황에 혈녀도 미간을 살짝 좁혔다.

순간 한빈은 먹던 꼬치를 던졌다.

휙!

아무렇지 않게 던진 꼬치였다.

꼬치는 혈녀를 향해 날아갔다.

슝!

파공성을 내며 날아가는 꼬치를 향해 혈녀의 손이 움직였다.

하지만 마지막 순간에 혈녀는 손을 거뒀다.

꼬치는 그녀를 지나갔다.

"으악!"

뒤쪽에서 들리는 비명.

뒤쪽에 있던 혈녀의 수하가 맞은 것이다.

마치 처음부터 수하를 노린 것처럼 꼬치는 자연스럽게 수하의 어깨에 적중했다.

혈녀는 힐끔 뒤를 돌아봤다.

그녀의 수하가 황당하다는 듯 어깨에 박힌 꼬치를 빼고 있었다.

혈녀가 말했다.

"처음부터 내 수하를 노렸군."

"어떻게 알았소?"

물론 이건 정확한 사실이었다.

한빈이 쏘아 낸 것은 백발백중의 효능이 담긴 한 수였으니!

혈녀의 옆에 있던 양마혈자(陽魔血子)가 피식 웃었다.

"썩을 놈이 누님의 심기를 건드렸군요. 그냥 뒈지면 편할 것을, 누님의 심기를 건드렸으니…… 이것 참!"

혈자는 혀를 찼다.

누가 봐도 이득이 없는 공격이었다.

순간 혈자는 고개를 갸웃했다.

혈녀가 날아오는 꼬치를 잡으려다 만 것이 기억났기 때문이다.

혈자가 급히 물었다.

"누님, 왜 그 꼬치는 막지 않았소?"

"남들이 주는 음식은 함부로 받아먹는 게 아니란다, 동생아."

혈녀가 상큼하게 웃었다.

그때였다.

혈녀의 뒤쪽에서 다급한 음성이 들려왔다.

"독입니다!"

비틀거리는 혈녀의 수하.

다른 수하들이 그의 주변에서 물러났다.

혈녀는 이글이글 타는 눈으로 한빈을 바라봤다.

한빈도 눈을 가늘게 뜨고 혈녀를 바라봤다.

한빈은 입맛까지 다셨다.

마주 보던 혈녀가 웃었다.

"꼴에 남자라고 내 몸을 탐하는구나."

"눈을 뽑아 버리겠다. 나도 함부로 쳐다보지 못하는 누님의 가슴을 그리 빤히……!"

옆에 있던 혈자가 흥분해서 외쳤다.

혈녀는 팔을 내밀며 혈자를 저지했다.

그 모습에 한빈은 피식 웃었다.

"남자라서 탐하는 것이 아니라 무인이기에 탐하는 것이요."

"내 이름을 알고도 내 몸에 눈독을 들이는 사내놈은 처음 보는구나. 어서 들어와 봐라."

혈녀는 자신의 상의를 살짝 내렸다.

순간 그녀의 어깨가 드러났다.

백옥처럼 뽀얀 피부에 뒤쪽에 있던 수하들마저 탄성을 터 뜨렸다.

물론 이것은 한빈의 의도를 오해한 혈녀의 착각이었다.

한빈은 그녀의 외모를 보고 입맛을 다신 것이 아니었다.

한빈의 눈에는 오로지 그녀의 가슴팍에 빛나는 황금빛 점만 보일 뿐이었다.

한빈은 재빨리 시선을 거뒀다.

자신이 노려야 할 곳을 숨겨야 하기 때문이었다.

순간 한빈의 눈에 그녀의 피부가 들어왔다.

한빈의 눈썹이 호랑이의 무늬처럼 꿈틀댔다.

혈녀의 피부는 갓 태어난 아기처럼 맑고 고왔다.

저런 피부가 나오려면 필시 환골탈태의 과정을 거쳤을 터.

환골탈태를 거치려면 제법 많은 생명이 사라졌을 것이 분명했다.

영문도 모른 채 그녀에게 피를 빨려 죽어 갔을 생명들이 눈앞에 그려졌다.

정의감 따위가 한빈의 감정을 움직인 것은 아니었다.

갑자기 아군에게 당해 죽어야 했던 귀검대가 떠올랐기 때문에 자신도 모르게 감정이입이 된 것이었다.

이것은 그저 스쳐 지나가는 감정에 불과했다.

한빈은 씩 웃으며 말을 이었다.

"그런데 등은 어떻게 폈소?"

"그게 무슨 말이냐?"

혈녀가 발끈해서 외치자, 한빈이 손가락을 들어 그녀의 얼굴을 가리켰다.

"그러고 보니 피부도 펴졌군요. 평소에도 그렇게 하고 다녔으면 서원에서 인기 좀 끌었겠습니다."

"내 정체를 알고 있구나?"

"양귀비도 울고 갈 그 외모를 어떻게 모를 수가 있겠소이까?"

"음흉한 놈이구나. 그렇다면 처음부터 내 정체를 알고 있었다는 이야긴데……."

혈녀가 표정을 수습하고 한빈을 쳐다봤다.

한빈은 그저 씩 웃을 뿐이었다.

혈녀와 혈자의 정체는 식당 주변을 관리하던 늙은 일꾼이었다.

설화가 날마다 당과를 전해 주던 바로 그 노파와 노인이 바로 혈녀와 혈자였다.

　한빈의 웃음에 혈자가 참지 못하고 물었다.

　"우릴 어떻게 알아봤는지 말하지 않는다면 당장 네 혀를 뽑아 버리겠다."

　"그냥 감으로. 당신들이 음양쌍마라는 것은 오늘 알았소. 그때는 음흉한 뜻을 숨긴 마두라고만 알고 있었소."

　한빈이 씩 웃었다.

　한빈이 그들의 음흉한 뜻을 가진 고수라는 것은 알게 된 것은 바로 그들의 몸에서 빛나는 구결 때문이었다.

　황금빛 점이 뜻하는 것은 바로 천급 구결이었다.

　이제까지 경험으로 미루어 보면 천급 구결은 화경의 고수에게서만 나타났다.

　남들은 모르겠지만, 그들은 진기를 갈무리할 수 있는 화경의 고수란 이야기였다.

　기세를 어찌나 잘 숨겼는지, 그들에게 반박귀진의 초식과 같은 숨겨 둔 수법이 있는지 궁금할 정도였다.

　십 년 가까이 이곳 서원에 숨어서 노파와 노인으로 변장하고 있었는데 누구도 못 알아봤다는 것은 대단한 변장술과 대단한 끈기였다.

　한빈은 활짝 웃으며 그들을 바라봤다.

　혈자의 얼굴은 붉으락푸르락 변해 있었고 혈녀는 호기심

가득한 얼굴로 한빈을 응시하고 있었다.

한빈은 그들에게 그저 미소만 보낼 뿐이었다.

구결을 나타내는 황금빛 점 때문에 그들을 알아봤다고 할 수는 없는 노릇이 아닌가?

한빈의 표정에 혈자가 노한 듯 미간을 좁혔다.

"이놈이 계속……."

앞으로 튀어 나가려는 혈자를 혈녀가 막았다.

혈녀는 앞을 조용히 바라보다가 손을 들었다.

순간 뒤쪽에 있던 복면인들이 일제히 병장기를 뽑았다.

스릉, 스릉.

날카로운 쇳소리가 밤공기를 갈랐다.

혈녀가 손을 앞으로 내밀었다.

복면인들이 한빈을 향해서 성난 황소처럼 달려들었다.

스무 명이 넘는 복면인들이 먼지바람을 일으키며 뛰어오자, 한빈이 꼬치를 잡았다.

하지만 복면인들은 멈추지 않았다.

한빈이 든 꼬치는 하나였기 때문이다.

꼬치 하나를 던져 봤자 모두를 쓰러뜨릴 수는 없었다.

거기에 더해 한빈이 내뿜는 기세는 미미했다.

복면인 중 우두머리로 보이는 자가 외쳤다.

"참살수라진을 펼쳐라!"

순간 그들이 주위로 흩어졌다.

스무 명은 각각의 방위를 점하고 한빈을 살폈다.

복면 사이로 드러난 그들의 눈빛에 두려움이라고는 조금도 없었다.

동료 하나가 독에 당해 쓰러졌으면 겁을 먹을 법도 했다.

하지만 그들은 먹잇감을 눈앞에 둔 맹수처럼 한빈을 바라봤다.

어떤 자는 복면 안쪽으로 비치는 입술을 씰룩인다.

마치 입맛을 다시는 것 같았다.

한빈은 그들을 보며 웃었다.

머릿속으로 그려지는 그들의 표정이 마치 거울을 보는 것 같아서였다.

그들은 마치 구결을 바라보는 자신과 같은 눈빛을 하고 있었다.

방위를 점한 채 한빈을 노려보던 복면인의 수장이 다시 외쳤다.

"착복!"

그 외침에 복면인들은 어디선가 피풍의를 꺼내더니 걸쳤다.

착, 착.

얇은 천을 몸에 걸치기만 했는데 그들의 눈빛은 달라졌다.

한빈은 눈을 가늘게 뜨고 그들이 입은 피풍의를 관찰했다.

순간 한빈은 복면인들을 보며 웃었다.

"하하, 오늘 수지맞았네."

"……."

"너희가 입고 있는 피풍의 말이다. 오늘 내가 가져가야겠다."

한빈의 말은 진심이었다.

그들의 입은 피풍의는 만년노송의 송진을 굳혀서 만든 것이 분명했다.

평범한 천이라도 만년노송의 송진을 바르면 도검불침과 백독불침의 효과를 얻는다고 전해진다.

검은색 피풍의에 빛나는 투명한 진액은 분명히 만년노송의 송진이 분명했다.

한빈은 이제 그들의 정체를 알 것 같았다.

그들은 분명히 오래전 사라졌던 혈교의 참살수라대가 분명했다.

사실 그들이 참살수라진이라고 외쳤을 때는 우연의 일치로 이름만 같은 줄 알았다.

하지만 만년송진을 입힌 피풍의를 보니 그들의 후인임을 확신했다.

이쯤 되자 호기심이 머리를 뚫고 나올 지경이었다.

삼십 년 전 마교에서 뛰쳐나온 두 명의 마두가, 세상에서 사라졌다고 알고 있는 혈교의 무력대를 거느리고 있다라?

생각지도 못한 조합은 지금의 한빈으로서도 풀 수 없는 수

수께끼였다.

그들은 한빈의 주위를 빙빙 돌기 시작했다.

그때 그들의 뒤쪽에 있던 혈녀가 웃었다.

"호호. 네 눈이 참살수라진을 알아볼 정도로 트이지는 않은 모양이로구나."

"백 년 전에는 화경의 고수도 쌈 싸 먹었다는 그 유명한 합격진 아니오?"

한빈은 어깨를 으쓱했다.

그들의 검은 잔혹하며 지저분하다고 정의맹 자료에 기술되어 있었다.

거기에 만년송진을 입힌 피풍의가 도검불침의 역할을 하니, 그들은 방패와 창을 동시에 든 것이나 다름없었다.

백 년 전 화경의 고수가 그들의 합격진에 힘을 못 쓰고 당했다는 자료가 남아 있었다.

하지만 한빈은 여전히 웃고 있었다.

그 모습에 혈녀가 재미있다는 표정으로 물었다.

"그런데 그렇게 태평한 얼굴을 하고 있나?"

"화경의 고수는 쌈 싸 먹는 합격진이지만, 삼류 고수까지 그리 만든다는 얘기는 못 들었소."

"네놈은 입만 고수구나. 네놈의 입은 화경을 넘어서 현경이라 해도 될 것 같다. 하지만 여기까지다! 모두 놈을 쳐라!"

혈녀의 외침에 빙글빙글 주변을 맴돌던 참살수라대의 움

직임이 바뀌었다.

갈지(之)자로 진영을 바꾸며 포위망을 좁혀 온 것이다.

그때 한빈이 꼬치를 들었다.

순간 상대의 진영이 미묘하게 바뀌었다.

한빈은 아무렇지 않게 꼬치를 베어 불었다.

그 모습에 멀리서 지켜보던 혈녀와 혈자가 기가 찬 듯 웃었다.

"허허."

그 웃음에도 한빈의 태도는 변함이 없었다.

아무렇지 않게 꼬치 하나를 들었다.

그러고는 그 꼬치를 참살수라대를 향해 던졌다.

휙.

꼬치가 아무 힘도 없이 포물선을 그리며 날아갔다.

날아오는 꼬치에도 참살수라대는 피하지 않았다.

꼬치가 그들 중 한 명의 피풍의에 맞고 바닥에 떨어졌다.

툭.

한빈이 입맛을 다셨다.

"쩝, 아깝게……."

그때였다.

참살수라진의 방위 중 한빈과 가장 가까이 있던 복면인이 무릎을 꿇었다.

털썩.

생각지도 못한 상황에 참살수라대의 우두머리가 외쳤다.

"독이다! 진영을 넓힌다!"

그 말에 참살수라대의 모두가 뒤쪽으로 한 걸음 물러났다.

그것이 시작이었다.

그중 몇이 추가로 힘없이 자리에서 쓰러지기 시작했다.

순간 쓰러진 복면인이 숨을 몰아쉬었다.

그들은 답답한지 복면을 벗어 던졌다.

순간 얼굴이 달빛에 드러났다.

복면을 벗자 드러난 얼굴은 창백하기 그지없었다.

숨을 몰아쉬던 복면인은 그대로 굳었다.

마치 마혈을 제압당한 것 같은 모양새였다.

뒤쪽으로 물러났지만, 이상한 현상은 줄어들지 않았다.

툭. 툭.

그들 중 몇이 자리에서 쓰러졌다.

그들의 수장은 눈을 크게 떴다.

그는 참살수라대의 대주였다.

그는 재빨리 자신의 혈도를 찍으며 외쳤다.

"모두 운기조식 하라!"

가부좌를 튼 그는 재빨리 진기를 심장 쪽으로 돌렸다.

심장 쪽으로 진기를 돌려 몰려드는 독기를 일단 막는 것이
먼저였다.

그다음 독을 몰아내면 되었다.

사실, 독을 몰아내는 것은 그리 어렵지 않았다.

몸에 파고든 이질적인 기운을 찾아내면 되었다.

이곳에서 중독되었다면, 분명히 피부나 호흡기 쪽이 원인일 터였다.

순간 그의 눈이 한계까지 커졌다.

독은 이미 몸속 곳곳에 퍼져 있었다.

이곳에 와서 중독된 것이 아니었다.

복면인의 수장은 이것이 일반적인 독이 아님을 알 수 있었다.

혈맥이 막힌 것처럼 아무 힘도 쓸 수 없으며 입도 열 수 없었다.

몸에서 천천히 기운이 빠져나갔다.

어느 순간 수로를 막듯 탁 하고 혈맥이 완전히 막혔다.

그는 벼락을 맞은 것처럼 그대로 뻗었다.

하지만 정신은 그대로였다.

그의 눈앞에 토끼 한 마리가 뛰어갔다.

이곳이 전쟁터인 줄도 모르고 깡충깡충 뛰어가던 토끼가 갑자기 힘없이 꼬꾸라졌다.

참살수라대의 대주인 그는 지금의 상황이 어찌 된 일인지 알 수 없었다.

온몸에 퍼져 있는 독.

거기에 일정 공간 안에 들자 힘없이 고꾸라지는 토끼.

그것은 말이 되지 않았다.

그때 상대의 목소리가 쩌렁 울렸다.

"드루와!"

물론 이것은 한빈의 목소리였다.

한빈은 음양쌍마를 향해 손을 까닥였다.

화경의 고수를 향한 도발.

하지만 그들은 바로 들어오지 않았다.

무공의 경지뿐 아니라 그들의 연륜도 화경에 근접했다.

그들의 살아온 세월은 지금 들어가지 말라고 말해 주고 있었다.

혈녀는 주변을 살폈다.

한참을 바라보던 혈녀는 그윽한 웃음을 지었다.

"이제 비밀을 알겠어."

"역시 음마혈녀답군요. 벌써 정답을 알아채시다니요. 그런데 대비책이 있을까요?"

"대비책은 두 가지인데 듣고 싶나?"

"뭐, 밤도 긴데 한번 얘기나 들어 보죠."

"첫 번째는 그 향이 다 탈 때까지 기다리는 거야. 그 향이 다 타고 나면 나는 네 목숨 줄을 손쉽게 쥐게 되겠지."

혈녀는 모닥불 옆에서 짙은 향내를 풍기고 있는 향로를 가리켰다.

그러고는 한빈의 옆을 힐끔 보면서 말을 이었다.

"향로가 독을 뿜고 있다고 생각하시는군요. 그런데 저는 왜 멀쩡할까요?"

"미리 해약을 먹었겠지. 해약을 먹고 멀쩡하다면 그 독은 호흡기를 통해 혈맥에 스며드는 내연지독이겠지."

"와우, 똑똑하셔라. 역시 연륜은 못 속이겠네요."

한빈은 씩 웃었다.

내연지독이란 눈 코 입 등을 통해서 스며드는 독을 뜻한다.

내연지독의 경우, 해약을 미리 복용한다면 독기가 퍼지는 것을 막을 수 있다.

물론 해약으로 안 되는 경우도 있다.

그것이 바로 외연지독이다.

외연지독은 피부 쪽으로 스며들기에 해약이 감당할 수 있는 독이 아니었다.

외연지독의 경우는 대부분이 무림에서 금기시되어 있다.

혈녀가 그윽한 미소를 피워 냈다.

"아마도 두 번째가 궁금하겠지."

"저는 궁금하지 않은데요."

"아니, 궁금해야 할 것이야."

말을 마친 혈녀는 품속에서 손수건 두 개를 꺼냈다.

하나는 바로 옆에 있는 혈자에게 건넸다.

"이건 동생 것이야."

"네, 누님."

손수건을 받은 양마혈자가 그것으로 입을 가린다.

한빈은 손수건의 정체를 알 것 같았다.

그것은 독을 걸러 주는 피독의(避毒衣)가 분명했다.

대부분 구슬의 형태인 피독주를 입에 넣고 독기를 막지만, 조금 더 신중한 강호인들은 피독의를 사용하는 경우가 많았다.

이는 한빈도 마찬가지였다.

천독과의 싸움에서 적혈맹호대의 대원들에게 나눠 준 것도 이와 비슷한 형태였다.

준비를 마친 혈녀가 한빈을 향해서 천천히 다가왔다.

터벅터벅.

마치 상대에게 두려움을 주려는 듯 천천히 걸어오는 모양새였다.

한빈은 재빨리 용린검법의 구결을 떠올렸다.

'쾌검난마!'

'전광석화!'

연속으로 두 개의 구결을 떠올린 한빈은 검집을 들었다.

스릉.

경쾌한 소리가 귓전을 때리자 한빈이 진득한 미소를 피워 냈다.

정말 오랜만에 꺼낸 월아였다.

이제 완벽하게 수리된 월아는 달빛을 튕겨 냈다.

눈이 부시도록 찬란한 예기.

한빈은 재빨리 초식을 떠올렸다.

'일촉즉발!'

순간 새하얀 월야의 검신에 차가운 예기가 맺혔다.

검 끝에는 보석이 막힌 것처럼 푸른빛이 일렁였다.

이전에 일촉즉발이 검 전체에 푸른 진기를 감싸는 형태였다면, 지금은 한 점에 진기가 모여 있는 상태.

이것은 일촉즉발의 진화형이라 볼 수 있었다.

슝!

한빈의 신형이 화살처럼 앞으로 튀어 나갔다.

월아와 하나가 된 듯 앞으로 나아간 한빈은 한 치의 망설임도 없이 음양쌍마를 향했다.

음양쌍마는 자연스럽게 둘로 갈라섰다.

혈녀가 좌측으로 향했고 혈자가 우측으로 돌았다.

그들의 손에서도 검은빛의 강기가 피어올랐다.

혈녀는 왼손에.

혈자는 오른손에 각각 묵빛의 응조수(鷹操手)를 착용하고 있었다.

매의 발톱 모양의 응조수는 아마도 묵철로 만들어진 듯 보였다.

날아가던 한빈이 공중에서 방향을 바꾸었다.

휙!

한빈의 검 끝이 향한 것은 혈녀의 복부였다.

혈녀가 좌측으로 미끄러지며 한빈의 검을 튕겨 냈다.

챙!

마치 고즈넉한 사찰에 종이 울리듯 첫 번째 합이 스쳐 지나갔다.

혈녀의 왼손이 바로 한빈의 가슴으로 날아왔다.

뒤쪽에서는 혈자의 오른손이 한빈의 등 뒤를 노렸다.

휙. 휙.

바람을 가르는 소리에 한빈이 재빨리 초식을 바꾸었다.

'구걸십팔보!'

한빈과 가장 궁합이 잘 맞는 초식이었다.

순간 한빈의 신형이 자리에서 사라졌다.

사사—삭.

한빈이 낙엽 밟는 소리만 남기고 사라지자, 혈녀와 혈자가 간격을 벌렸다.

한빈이 다시 나타난 곳은 부서진 정자가 흉물스럽게 자리한 곳이었다.

한빈은 그곳에서 아무렇지 않게 앉아 있었다.

그 모습에 혈녀의 눈빛이 매섭게 변했다.

"네놈!"

"왜 그럽니까? 할머니."

"하, 할머니라고……."

"그럼 할머니를 할머니라고 부르지, 뭐라 부릅니까. 형을 형이라 부르고 아비를 아비라 부르듯 말입니다."

"아무래도 안 되겠구나."

순간 혈녀의 기세가 바뀌었다.

순간 한빈은 눈을 가늘게 떴다.

첫 번째 합을 끝내고 잠시 자리를 피한 이유는 한 가지였다.

그들에게 쾌검난마의 초식이 먹혀들지 않았기 때문이었다.

전생의 기억대로라면 그들은 마교에서 축출된 인물이었다.

마교에서 쫓겨났다고 해도 무공의 근본이 변할 리 없었다.

그런데 쾌검난마의 초식이 먹혀들지 않았던 것이다.

쾌검난마는 마(魔)를 상대할 때 위력을 발휘하는 초식이었다.

상대의 기세를 확인한 한빈은 고개를 끄덕였다.

이해하기는 힘들지만, 지금 혈녀가 내뿜는 기세는 도가의 기운이 강했다.

한빈은 쾌검난마 대신 다른 초식을 떠올렸다.

'일목요연.'

이 초식은 지선과의 대결 때 처음 썼던 초식이었다.

칼을 맞대면서 상대방의 무공을 실시간으로 배울 수 있는 초식.

용린검법의 초식이었다.

한빈이 취해야 할 것은 사실 구결만이 아니었다.

이번 대결에서 그들의 무공도 철저히 분석해야 했다.

한빈은 달려오는 상대를 보며 슬쩍 입꼬리를 올렸다.

···

한빈의 서찰을 확인한 제갈공려는 재빨리 사람들을 모았다.

제갈공려는 비밀 장소에 있는 사람들을 한빈이 말한 장소로 이동시켰다.

한빈은 그들을 가장 안전한 장소로 이동시키라 하면서 지도까지 그려 줬다.

지도에 표시된 장소로 통로를 따라 이동하던 제갈공려는 입을 딱 벌렸다.

이전에 있던 공간보다 몇 배는 더 큰 공간이 나왔다.

그곳에는 향로도 있었다.

물론 그 향로도 돌을 깎아 만든 것이었다.

장소를 옮긴 이들은 웅장한 석상들 때문에 눈을 크게 떠야 했다.

지금의 장소는 유림 서원에서 옛 성현들을 모시는 사당과 똑같았다.

실제 사당에는 옛 성현들의 초상화가 걸려 있지만, 이곳에는 석상이 대신 놓여 있었다.

그 석상들은 적어도 구 척은 되어 보였다.

제갈공려는 향로가 있는 곳으로 다가갔다.

향을 피운 흔적은 없어 보였다.

즉, 일행이 이곳을 사용하게 된 첫 번째 사람들이라고 보면 되었다.

제갈공려는 설화를 바라봤다.

설화는 눈빛만으로 보따리를 들고 달려왔다.

"이거 찾으셨어요? 제갈 언니?"

"헉, 어떻게 알았어?"

제갈공려는 설화가 내민 향을 받아 들었다.

향로 속에 향을 넣은 제갈공려는 불을 붙였다.

순간 은은한 향기가 공간을 채웠다.

어떤 이유에서인지는 모르겠지만, 이곳에 들어와서 향을 피우라고 한빈의 서찰에 적혀 있었다.

중원에서도 가장 머리가 좋다는 가문이 바로 제갈세가였다.

하지만 제갈공려의 머리로도 한빈의 부탁은 이해가 되지

않았다.

제갈공려는 재빨리 다음 서찰의 다음 내용을 읽었다.

서찰을 읽던 제갈공려는 머리를 감싸 쥐었다.

이제까지의 부탁은 실행하는 데 그리 어려움이 없었다.

그런데 세 번째 부탁은 아무리 생각해도 내용이 이해가 되지 않았다.

세 번째 부탁은 향로 가까이에 황족을 데려다 놓고 잘 보호하라는 내용이었다.

"황족을 잘 부탁한다니! 이게 무슨 말이야?"

"황족이요?"

설화도 고개를 갸웃했다.

제갈공려는 주변을 살폈다.

이건 자다가 봉창 두드리는 소리였다. 황족이 유림 서원을 방문하는 것은 그리 이상한 일이 아니었다.

황족이 방문할 때는 적어도 수백의 병사를 거느린다.

이렇게 아무도 모르게 방문할 리가 없었다.

하지만 황족이 방문했다고 하면 지금과 같은 일은 일어날 수도 없었다.

만약 황족이 이곳에 있다면?

순간, 제갈공려는 움찔했다.

발끝에서 머리끝까지 소름이 돋았기 때문이다.

그렇다면 한빈이 이곳으로 대피시킨 이유도 이해가 됐다.

저들이 노리는 것은 분명 유림 서원에 있는 유생이 아닐 터였다.

그들이 노리는 것은 분명 황족.

이것은 단순한 암살이 아니라 반란이었다.

주변을 살피던 제갈공려의 시선이 장유중에게 멈췄다.

장유중이 끼고 있는 왜소한 유생.

떨리는 장유중의 어깨.

모든 것이 이상했다.

대쪽 같기로 소문난 장유중이었다.

목에 칼이 들어와도 황제를 향한 직언을 멈추지 않는 장유 중이었다.

아무리 화경의 고수가 숨어들었다고 해도 저리 떨 장유중 이 아니었다.

그가 저리 감정을 수습하지 못할 상황은 단 두 가지 경우 뿐이었다.

황제가 위험할 때 혹은 그의 가족이 위험할 때였다.

그렇다면 저 왜소한 유생의 정체는 명확했다.

제갈공려는 재빨리 장유중에게 달려갔다.

"학장님, 솔직히 말씀해 주셔야 합니다."

"제, 제갈 학사."

"이분이 황족 맞나요?"

"그, 그걸 어떻게……."

"여기 보십시오. 이게 팽한빈 공자의 부탁입니다."

제갈공려는 서찰을 그의 눈앞에 펼쳤다.

좌르륵.

장유중은 반사적으로 서찰을 읽어 나갔다.

그곳에는 황족을 보호하라는 부탁이 있었다.

장유중은 선택할 수 없었다.

왜 향로의 옆에 황족을 두라는 건지 알 수 없었기 때문이다.

이건 황족의 안위가 걸린 일이었다.

"……."

아무 말도 못 하고 마른침만 삼키는 장유중의 뒤에서 가느다란 목소리가 흘러나왔다.

"신선 오라버니가 시키는 대로 할래요."

"신선이라니……."

"아, 미안해요. 팽한빈 공자의 말대로 향로 옆에 있겠어요."

"……."

"그렇게 보지 마세요. 우리 어마마마를 세상 사람들은 현비라 부르죠. 그리고 저는 효명이라고 불러 주세요."

"효, 효명 공주님이라고요?"

"네, 맞아요. 그럼 저쪽으로 가면 되죠?"

효명은 씩씩하게 향로 쪽으로 걸어갔다.

옆에 있던 장유중은 황당한 듯 효명의 뒤를 쫓았다.

효명은 향로 쪽으로 걸어가며 뛰는 가슴을 진정시켰다.

사실 효명이 이곳에 들른 이유는 한 가지였다.

그것은 한빈에게 자신의 뜻을 전하기 위해서였다.

그 뜻이라는 것은, 좋아하는 사람이 생겼으니 현비가 제안한 약혼 이야기는 잊어도 된다는 것이었다.

그녀가 좋아하게 된 사람은 신선 오라버니였다.

문제는 한빈과 신선 오라버니가 같은 사람이라는 것을 이곳 서원에 와서 알게 되었다는 것이다.

그녀는 환골탈태 전의 한빈과 환골탈태 후 한빈의 모습을 보고 전혀 다른 사람이라 착각했다.

효명은 자신이 한빈에게 전할 내용이 단순한 이별 통보라고 생각했다.

잠시 이야기만 전하고 돌아가면 되는 일이기에 호위 하나만 데리고 몰래 빠져나왔다.

말을 하고 그냥 돌아갔으면 이번 사건에 이렇게 얽힐 일도 없었다.

그런데 한빈이 신선 오라버니와 동일인이라는 것을 알아챈 순간, 신발에 엿이라도 붙은 것처럼 서원을 떠날 수가 없었다.

그녀의 신분에 대해서는 오직 장유중만이 알고 있었다.

장유중은 어거지를 부리는 효명 공주를 이길 수 없었다.

그는 할 수 없이 유림 서원의 안가에 그녀를 숨겨 두었다.

그리고는 몰래 황궁에 서찰을 보냈었다.

서찰을 받은 현비는 효명을 위해 사람을 보낼 것이 분명했다.

아마도 황제 몰래 호위를 보내야 하기에 다소 시간이 걸릴 수 있었다.

장유중은 그동안 효명 공주를 안전하게 지키며 호위가 오기만을 기다리면 되었다.

그가 생각하기에 사흘 후면 황궁에서 보낸 호위들이 도착할 것 같았다.

그게 조금 전까지의 상황이었다.

장유중은 자신도 모르게 한숨을 내쉬었다.

"휴……."

얼마 안 가면 사람이 올 텐데, 그만 이런 일이 생긴 것이다.

장유중의 표정과는 관계없이 효명은 화사하게 웃고 있었다.

효명이 미소를 피워 내는 것은 단 한 가지 이유였다.

한빈이 자신을 챙겨 줬다는 것이 신났기 때문이다.

앳된 얼굴의 효명은 입가에 그린 미소를 지우지 못했다.

그녀의 머릿속에는 오직 한빈밖에 없었다.

절맥이라는 천형에서 그녀를 구해 준 것이 한빈이었다.

첫눈에 반한 신선도 바로 한빈이었다.

그런데 한빈이 자신을 위해서 안배를 한 것이다.

그 미소와 반대로 이를 지켜보던 제갈공려의 이마에는 주름이 잡혔다.

"쉽게 넘어갈 일이 아니군요. 대체⋯⋯."

"그게 무슨 말이에요?"

장혜화가 고개를 갸웃하며 묻자 제갈공려가 답했다.

"저들의 목표는 효명 공주가 분명하겠지?"

"그야 그렇죠."

"과연 얼마나 준비를 했을까?"

"흠, 그러고 보니⋯⋯."

장혜화는 입을 벌렸다.

그때 제갈공려가 말을 이었다.

"하지만 여긴 안전할 거야. 얼마나 버티느냐가 문제지."

제갈공려가 천장을 올려다보자 장혜화가 고개를 끄덕였다.

"그럼 제법 긴 싸움이 될지도 모르겠네요."

"아마도⋯⋯."

확실한 것은 아무것도 없었다.

적들의 습격은 단시간에 계획된 것이 아닐 수도 있었다.

하지만 아군은 전혀 대비가 없었다.

누군가의 대비가 없었다면, 많은 희생을 치러야 했을지도 몰랐다.

한숨을 쉬던 제갈공려는 고개를 갸웃했다.

향로에서 나는 연기의 움직임에서 이질감이 느껴졌기 때문이다.

한참을 보던 제갈공려는 고개를 끄덕였다.

자신이 느꼈던 이질감의 정체에 대해서 알 것만 같았다.

연기가 퍼져 나가는 흐름이 정상적이지 않았다.

이곳은 바람 한 점 불지 않은 공간이었다.

그런데 연기의 흩어지는 모습이 생각보다 빨랐다.

연기를 바라보던 제갈공려는 다급히 주변을 확인했다.

그 모습에 덩달아 장혜화도 고개를 돌렸다.

황급히 주변을 살피던 제갈공려의 시선이 옛 성현들의 석상이 있는 곳에 멈췄다.

장혜화도 마찬가지였다.

한참 동안 여러 개의 석상을 살피던 제갈공려가 입을 열었다.

"나는 왼쪽에서부터 살펴볼 테니 동생은 오른쪽부터 살펴봐."

말을 마친 제갈공려는 자리에서 튀어 옛 성현이 있는 석상 쪽으로 달려갔다.

가까이 가자 연기의 흐름이 정확히 보였다.

연기는 옛 성현들 쪽으로 빨려 들어가고 있었다.

가까이서 석상을 살피려던 제갈공려가 동작을 멈췄다.

이곳이 함정이라면…….

그때 장혜화가 외쳤다.

"여기 보세요!"

제갈공려는 장혜화가 가리키는 곳을 보았다.

그곳에는 글귀 하나가 적혀 있었다.

제갈공려는 그 글귀를 읽었다.

"나를 통해서 세상을 바라보라……. 그게 무슨 말이지?"

"그냥 단순한 뜻이 아닐까요?"

"단순한 뜻이라니?"

"석상의 눈을 확인해 보면 될 것 같아요, 언니."

말을 마친 장혜화는 고개를 숙여 석상과 눈높이를 맞췄다.

그 모습에 제갈공려가 재빨리 그녀에게 달려갔다.

"동생, 함정일지도……."

하나 장혜화의 동작이 더 빨랐다.

그녀는 벌써 석상의 눈동자에 자신의 눈을 바싹 갖다 대고
있었다.

제갈공려가 마른침을 삼켰다.

다행히도 장혜화에게는 아무 일도 일어나지 않았다.

대신 그녀는 탄성을 터뜨렸다.

"앗, 여기에서 밖이 보여요! 제가 설치했던 진법과 똑같아
요, 언니."

그 말에 제갈공려도 재빨리 다른 석상을 확인했다.

순간 제갈공려의 눈이 커졌다.

눈동자의 안쪽은 밖과 연결되어 있었다.

제갈공려는 바로 앞에서 보는 것처럼 밖의 상황을 알 수 있었다.

마치 선묘도의 고양이 눈과 비슷한 원리였다.

제갈공려는 입을 크게 벌렸다.

"헉!"

한빈과 정체불명의 두 고수가 맞붙고 있었기 때문이다.

제갈공려의 눈으로는 그들의 움직임을 따라잡기 힘들었다.

그들은 분명 화경의 고수가 맞았다.

제갈공려는 한빈의 말대로 이곳으로 피하길 잘했다는 생각이 들었다.

지금의 인원으로는 적의 손에서 효명 공주의 목숨을 지키지 못했을 것이다.

제갈공려는 고개를 돌려 효명 공주를 확인했다.

순간 제갈공려의 눈이 커졌다.

화로의 옆에 있어야 할 효명의 모습이 보이지 않았다.

그때였다.

어색한 웃음이 옆에서 들려왔다.

"하하, 미안하네. 하도 보고 싶다고 난리를 치셔서……."

장유중의 목소리였다.

그는 어색하게 웃으며 옆쪽을 가리켰다.

그곳에는 효명이 해맑게 웃고 있었다.

"저도 보고 싶어서요. 황궁에도 이렇게 생긴 기관이 몇 개 있거든요."

"마음대로 하시죠."

제갈공려가 고개를 끄덕였다.

뭐, 황족의 행동을 누가 말릴 수 있을까?

이곳은 향로에서 그리 벗어나지 않은 곳이었다.

걸음으로 치면 열 걸음 정도.

거기에 자신의 옆에 있는 게 더 안전할 수도 있었다.

그들은 석상의 눈동자를 통해 밖을 보기 시작했다.

한빈은 섣불리 그들의 곁에 가지 않았다.

다행히도 음양쌍마는 한빈의 속도를 따라잡지는 못했다.

정확히는 아슬아슬한 상태에서 한빈은 그들의 손을 빠져나갔다.

몇 번 같은 상황이 되자 혈녀가 이를 부득 갈았다.

"네놈이……."

"왜 그러시오? 벌써 지쳤소? 나이를 생각하면 지칠 때도 됐지, 하하."

"네놈이 그러고도 무인이냐?"

"나보고 무인이라고 했소?"

"그래, 무인."

"눈이 삐었소? 잘 보면 알겠지만, 나는 일개 유생이오. 여기 두건을 한번 보시오."

한빈은 자신의 두건을 만지며 피식 웃었다.

유생들이 쓰는 두건이 분명했다.

그 모습에 혈녀의 미간에 깊은 주름이 잡혔다.

"어디에서 어쭙잖은 재주를 배웠는지는 모르겠지만, 내 오늘 너라는 미꾸라지를 꼭 잡겠다."

"잡아서 어떻게 하시려고 합니까? 나 하나 잡아서 탕을 끓이기에도 그렇고 구워 먹을 수도 없을 텐데 말입니다. 이쯤에서 잠시 대화나 나눠 보죠."

"대화라니……."

혈녀의 눈빛이 살짝 떨렸다.

상대에게 집중하다 보니 뭔가를 빼먹은 것 같은 느낌이 들었기 때문이다.

"좀 쉬엄쉬엄합시다."

"네놈이!"

"보아하니 오래전 자취를 감췄던 혈교와 손을 잡은 것 같은데 말이오. 마교와 혈교는 좀처럼 이해가 안 되는 조합이긴 합니다만……."

한빈이 어깨를 으쓱했다.

한빈의 말은 사실이었다.

혈교와 마교는 견원지간이었다. 정확히 말하면 마교는 혈교라고 하면 정파보다도 더 이를 간다.

그들은 무한한 힘을 추구한다는 것에서는 목적이 같았다.

하지만 힘을 얻는 과정이 문제였다.

그 힘을 얻는 과정의 하나로 피를 탐하게 되었던 것.

그때였다.

한빈이 파고들며 외쳤다.

"어디 밑천을 한번 보여 주시죠!"

"이놈이……."

혈녀는 말을 맺지 못했다.

상대의 검이 자신의 어깨에 적중했기 때문이다.

슉!

치명상은 아니었다.

이 정도의 상처는 수백, 아니 수천 번은 입었다.

다만, 적의 검기가 피륙을 뚫고 들어오는 기분은 그리 좋지 못했다.

일단은 적의 시선을 끄는 동시에 시간을 벌어야 했다.

혈녀는 개구리가 뛰듯 뒤쪽으로 다급히 몸을 튕겼다.

그때 혈자의 손이 한빈의 등을 향해 날아왔다.

한빈은 월아를 역수로 잡고 몸을 돌리지도 않은 채 뒤쪽을 찔렀다.

푹!

순간 가죽이 뚫리는 소리가 선명하게 울렸다.

한빈은 비틀거리는 혈자를 본 체도 하지 않고 재빨리 그곳을 벗어났다.

그러고는 주변 상황을 살폈다.

혈녀는 어깨를 잡고 혈자는 옆구리를 손으로 누르고 있었다.

그들은 매섭게 한빈을 쏘아봤다.

그때 혈자가 말했다.

"왜 내 숨을 끊지 않았지?"

"그거 위험한 물건이잖아."

한빈이 혈자의 발아래를 가리켰다.

혈자의 발아래에는 은빛 물체가 빛나고 있었다.

한빈의 말대로였다.

혈자는 한빈의 검이 적중당하는 순간 재빨리 주변에 철질려를 뿌렸다.

만약에 한빈이 혈자의 목숨을 끊기 위해 다가섰다면 낭패를 볼 수도 있던 상황.

그런데 한빈은 짧은 순간에 함정을 알아채고 자리를 피했다.

혈자의 입장에서는 황당할 뿐이었다.

혈자가 헛웃음을 흘렸다.

"대체 너 같은 놈이 어떻게 유림 서원에 온 거지? 하북팽 가라고 했나? 하북팽가라면 정파 중에도 천하 십대세가일 텐 데······."

"그래도 귀는 뚫려 있나 보군. 그런데 말이야······. 귀는 뚫 려 있어도 소식을 전해 줄 사람은 없었나 봐?"

"그게 무슨 말이냐?"

"혹시 진룡소협이라고 들어 봤나?"

"진룡소협?"

"모르는 걸 보니 이곳에 갇혀 지낸 지 오래됐나 보네."

"음."

"하긴, 십 년이면 강산도 변한다는데, 사소한 강호의 변화 를 어떻게 알겠어?"

"혀가 길군. 일단 덤벼라."

혈자가 손을 까닥였다.

그 모습에 한빈이 피식 웃으며 고개를 저었다.

"됐어. 나는 얻을 걸 얻었으니 너희와 싸울 이유가 없어."

"그게 무슨 말이지?"

혈자가 질문을 던지자 한빈이 재빨리 뒤쪽으로 열 걸음 물 러섰다.

"내가 너희에게 얻을 건 없다니까! 거기에 오늘은 운이 억 수로 좋은 날이야."

한빈의 말은 사실이었다.

한빈은 그 상태에서 조용히 허공을 올려다봤다.

[용안(龍眼)으로 초식을 확인합니다.]

한빈은 고개를 끄덕였다.

순간 용린검법의 글귀가 이어졌다.

[천급 구결 유(悠)를 획득하셨습니다.]
[천급 구결 자(自)를 획득하셨습니다.]
[천급 - 유(悠), 자(自)]

실로 운이 좋은 날이었다.

두 번 공격에 두 개의 천급 구결이 손에 들어왔다.

한빈이 혈녀와 혈자에게 쓴 초식은 다름 아닌 성동격서였
다.

성동격서는 상대방의 무공의 경지가 자신보다 높을 경우
이 할의 확률로 공격을 적중시킨다.

그런데 이번에는 단 한 번에 공격이 적중된 것이다.

그러고 보니…….

한빈은 자신의 손을 바라봤다.

    생각해 보니 적과 자신의 경지가 동수일 수도 있다는 생각이 들어서였다.

    자신이 여기까지 성장했다는 것을 생각하자 감회가 새로웠다.

    한빈은 다시 천급 구결을 살폈다.

    '유'와 '자'라?

    이번에는 어떤 천급 초식일까?

    글귀를 확인한 한빈의 표정이 푸근해졌다.

    며칠 밥을 안 먹어도 든든할 정도였다.

    얼마 만에 맛보는 구결인가?

    사실 구결을 향한 갈증을 못 느꼈던 것은 아니었다.

    음양쌍마를 향해 손을 쓸 생각을 몇 번이고 했었다.

    일꾼으로 변장한 음양쌍마를 보고 얼마나 군침을 흘렸던가!

    오늘을 기다린 것은 음양쌍마뿐이 아니라는 말이다.

    그때였다.

    한빈을 향해 음양쌍마가 동시에 달려왔다.

    "이번에야말로 네놈을 죽이겠다!"

    "이놈!"

    사자후를 내지르며 달려오는 음양쌍마.

    한빈은 피식 웃으며 뒷걸음쳤다.

    한빈은 그들과 일정한 간격을 유지하며 외쳤다.

"몸이 조금 이상하지 않소?"

"네놈이 무슨 잔꾀를……."

따라오던 혈녀가 동작을 멈췄다.

그러고는 자신의 몸을 살피기 시작했다.

몸을 살피던 혈녀의 눈빛이 살짝 떨렸다.

혈녀는 이해가 안 된다는 표정으로 말을 이었다.

"어떻게 내가 중독이 됐지?"

"원래는 비밀인데 살짝 가르쳐 드리지."

한빈이 빙긋 웃자, 혈녀가 아무 말 없이 눈을 반짝였다.

"……."

혈녀만이 아니라 혈자도 눈을 가늘게 뜨고 한빈을 바라봤다.

왜 자신이 중독되었는지 아무리 생각해도 알 수 없었다.

음양쌍마가 대답을 기다리고 있을 때였다.

한빈이 말을 이었다.

"……마음이 바뀌었소. 그냥 비밀로 하리다."

한빈이 입가에 미소를 머금었다.

사실, 참살수라대가 중독된 원인과 음양쌍마가 중독된 원인은 모두 똑같았다.

그들은 몸 안에 잠재적으로 독기라는 폭탄을 품고 있었다.

그 심지에 향로의 향이 불을 붙였을 뿐이었다.

향로의 향은 입을 통해서만 침투하는 것이 아니었다.

그것은 피부를 통해서도 독을 활성화할 수 있었다.

음양쌍마가 참살수라대처럼 바로 쓰러지지 않은 것은 입가에 두른 피독의 때문이 아니었다.

성능은 다르지만, 참살수라대도 음양쌍마와 마찬가지로 입가에 천을 두르고 있었다.

차이점은 바로 그들의 호신강기 때문에 생겨났다.

호신강기가 피부를 보호하고 있으니 향이 비집고 들어갈 틈이 없었던 것이다.

물론 허점은 있었다.

호신강기라는 것은 일정하게 유지될 수 없다.

그들은 한빈과 결전을 치르며 자연스럽게 호신강기에 빈틈을 보였다.

그 빈틈을 통해 산공독을 활성화시키는 향이 침투한 것이다.

산공독 속에는 한 가지 효능이 더 숨어 있었다.

그 효능은 바로 적아를 구별 못 할 정도로 사람을 혼미하게 만든다는 점이었다.

즉, 미혼 효과가 바로 숨은 효능이었다.

재미있는 것은 산공독의 효과가 사라져야 미혼의 효과가 그 자리를 대신한다는 것이었다.

물론 이 독은 사천당가의 작품이었다.

한빈이 만들었다면 이렇게 오래 지속되지는 못했을 터였다.

거기에 두 가지 효용이 이어지게 만들 수도 없을 것이었다.

이 독은 사천당가의 직계만 쓸 수 있었다.

이 부분에서 사천당가에서 한빈이 차지하는 위치를 엿볼 수 있었다.

사천당가에서 한빈을 자신의 친족으로 인정하고 있다는 뜻이었다.

청화의 친오라버니와도 같으니 어찌 보면 당연할 일일 수도 있었다.

사천당가에서는 이 독을 심독(心毒)이라 부르고 있었다.

단순히 죽이는 것이 아니라 마음을 흔들리게 만드는 독이라는 의미에서였다.

당무천은 심독을 한빈에게 주면서 정파인들에게는 쓰지 말라고 당부했다.

그렇다면 그들은 이 독에 어떻게 당한 것일까?

숲속에 숨어서 지내던 참살수라대는 토끼를 통해서 중독되었다.

한빈은 잡은 토끼들에 은침을 박아 넣었었다.

그 은침은 시간이 지나면 몸에서 빠져나오게 설계된 암기였다.

문제는 그 은침은 빠져나왔지만, 은침에 묻어 있던 심독은 그대로였던 것.

숲속에 숨어 있던 참살수라대의 주식은 산에서 나는 과일과 고기.

그 고기 중 토끼가 없을 리는 없었다.

뭐, 사정은 음양쌍마도 비슷했다.

음양쌍마는 설화가 가끔씩 전해 준 당과를 통해서 몸에 심독이 쌓였다.

천진난만한 표정의 설화는 그들에게 경계 대상이 아니었다.

거기에 더해 설화는 항상 당과를 입에 달고 살았다.

그러니 음양쌍마는 경계를 풀 수밖에 없었다.

물론 한빈이 준 당과를 설화는 입도 대지 않았다.

그때였다.

음양쌍마가 뒤로 물러나더니 참살수라대가 있는 곳으로 달려갔다.

산공독에 당한 참살수라대는 그대로 쓰러져 있었다.

혈녀는 참살수라대의 대원 중 하나를 뒤집었다.

아마도 그들의 깨우려는 듯싶었다.

한빈은 그들이 도망치면 살려 둘 생각도 있었다.

그들의 배후를 캐는 것이 더 중요했으니 말이다.

그러나 곧 한빈의 눈이 커졌다.

혈녀는 거리낌 없이 수하의 심장에 손가락 다섯 개를 꽂아 넣었다.

푸욱.

그때였다.

용린검법이 반짝이기 시작했다.

[혈조대법(血調大法)을 관찰 중입니다. 관찰이 끝나면 일각 동안 혈조대법을 펼칠 수 있습니다.]

일목요연의 효과가 나타난 것이 분명했다.

한빈이 기다리는 바였다.

그들의 무공을 분석한다는 것은 그들의 기억 일부분도 엿볼 수 있다는 것이었다.

그들이 무공을 갈고닦는 동안의 기억은 온전히 그들의 동작에 녹아들기 마련이니까.

한빈은 잠시 그들의 행동을 관찰했다.

한빈은 그들이 왜 마교에서 쫓겨났는지를 알 수 있었다.

어찌 보면 그들은 혈교에서 마교에 심어 둔 첩자일 수도 있었다.

그 근거로, 그들이 사용하는 혈조대법이 피를 매개로 무공을 극대화시키는 수법이기 때문이다.

그때였다.

용린검법이 다시 반짝였다.

[상대 초식의 분석이 끝났습니다. 혈조대법을 사용할 수 있습니다. 혈조대법은 오 년의 공력이 필요합니다.]

한빈은 눈을 가늘게 떴다.

연구해 볼 가치는 있어도 지금은 아니었다.

한빈은 그들을 향해 외쳤다.

"이곳에 왔을 때는 목표가 있지 않았겠소?"

순간 혈녀가 자리에서 일어났다.

"그게 무슨 말이냐?"

"그럼 우리를 아무 생각 없이 공격한 것이오?"

한빈이 고개를 갸웃하자 혈녀가 외쳤다.

"내놔라!"

혈녀는 손에 낀 웅조수를 까닥였다.

내공을 회복한 것이 분명했다. 남의 피를 통해 자신의 무공을 회복시킨 것이다.

한빈이 모른 척 물었다.

"뭘 말이요?"

"목숨을……."

혈녀의 목소리가 살짝 떨렸다.

목소리에 담겨 있는 내공이 일정치 않은 걸로 보아, 약효가 도는 것이 분명했다.

"암요, 내놓지요."

"뭐라?"

"목숨은 하나! 그런데 그걸 원하는 쪽은 둘이니 어떻게 합니까?"

"그게 무슨 말이지?"

"못 느끼셨습니까?"

"뭘 못 느꼈다고 하는 말이냐?"

"그대들 말고 다른 이들이 그 목숨을 노리고 있다는 것을 말이오."

"뭐라?"

혈녀가 당황한 표정으로 주위를 두리번거렸다.

그때 마침 혈조신공으로 무위를 회복한 혈자도 자리에서 일어났다.

혈녀의 모습에 혈자도 똑같이 반응했다.

몸을 낮추고 주위를 경계했다.

누가 보면 갑자기 경극을 하고 있다고 착각할 정도였다.

주위를 보며 눈을 반짝이는 음양쌍마.

한빈의 시선은 그들에게 향하고 있지 않았다.

음양쌍마로부터 스무 걸음 떨어진 좌측의 어둠 속을 바라보고 있었다.

한빈의 시선을 느꼈는지 음양쌍마도 시선을 돌렸다.

세 명의 시선이 한 곳을 바라보고 있었지만, 정적만 흐를 뿐이었다.

혈녀가 고개를 갸웃하며 물었다.

"누가 있단 말이냐? 풀벌레 소리도 들리지 않는구나."

"이상하지 않소?"

"뭐가 말이냐?"

혈녀는 고개를 갸웃했다.

아무래도 약효에 정신이 잠식당한 것이 분명했다.

화경의 고수라면 이 정도로 빨리 잠식당하지 않을 텐데, 참살수라대의 피를 흡수하며 약효가 배가된 것 같았다.

한빈은 어둠 속을 가리켰다.

"풀벌레 소리가 들리지 않는 것이 말이오. 어서 나오시지요. 그렇지 않다면 나는 그만 자리를 떠나겠소."

한빈의 말에 어둠 속에서 누군가 나타났다.

그들은 한 명이 아니었다.

모두 금색 허리띠를 두르고 있었다.

그들 중 한 명이 앞으로 나왔다.

"금의위의 이창명이오."

"흠."

"적이 누군지 찾기 위해 조용히 지켜보고 있었소."

"금의위라······."

"왜 못 미덥소?"

그는 품 안에 손 넣더니 금패를 꺼냈다.

그는 금패를 한빈에게 쏘아 냈다.

슝!

내공이 적절히 담긴 한 수였다.

금패는 한빈의 코앞까지 오더니 속도를 줄였다.

❧

비밀 공간에 있던 효명 공주는 기쁨에 소리를 지르려 했다.

효명이 보기에는 한빈의 승리가 분명했다.

그들이 격돌하던 모습은 효명의 눈에는 보이지 않았다.

하지만 몇 마디 대화가 오가더니 그들의 태도는 눈에 띄게 고분고분해졌다.

거기에 쓰러져 있는 적들의 수하.

모든 것이 한빈의 승리로 끝났다고 생각하는 순간 정체불명 괴인들이 나타난 것이다.

소리를 지르려던 효명은 다급하게 숨을 참았다.

괴인들의 정체는 다름 아닌 금의위였다.

금의위라면 황제의 친위대.

즉, 자신을 구하기 위해서 나타난 군대가 분명했다.

효명은 다급하게 소리쳤다.

"여……!"

하지만 그녀는 말을 맺지 못했다.

누군가가 그녀의 입을 막았기 때문이다.

고개를 돌려 보니 그녀의 입을 막은 사람은 다름 아닌 소군이었다.

소군은 효명이 이곳에서 장유중 다음으로 친한 사람이었다.

물론 오늘 고기를 구우며 친해졌다.

말해 보니 상냥한 아이였다.

그런데 그가 갑자기 자신의 입을 막자 효명은 황당했다.

당황한 표정으로 보고 있는데 소군이 낮게 속삭였다.

"저들은 마기를 숨기고 있어요."

"마기라니?"

"저들은 금의위가 아니에요."

"분명히 금의위의 상징인 황금색 허리띠를……."

"그래도 아니에요."

소군은 고개를 저었다.

"대체 그게 무슨 말이지?"

"혹시 금의위에서 신교인들도 받나요?"

"대체 지금 무슨 말을……."

"저들은 신교인들이에요. 천산 산맥의 신교인들이요."

효명은 눈을 가늘게 뜨고 다시 밖의 상황을 바라봤다.

그녀가 보기에는 아무리 봐도 금의위가 맞았다.

저 황금빛 허리띠는 황제가 하사한 것이 분명했다.

금의위는 잠행 임무에서도 저 허리띠만큼은 바꾸지 않는다.

그것이 금의위의 상징이니 말이다.

그때 제갈공려가 낮은 목소리로 끼어들었다.

"그건 소군의 이야기가 맞습니다, 공주 마마."

"네?"

"우리가 신호를 보낸 것은 두 시진 전이죠."

"……."

"두 시진이면 금의위의 지부가 있는 곳에도 도착하지 않았을 거예요. 두 시진 만에 이곳에 도착하려면 아마도 밖에서 진법이 풀리기를 기다리고 있었다고밖에 볼 수 없어요."

"그렇다면……."

"공주 마마를 데리고 오기 위해 달려온 병사라고 보기에는 너무 시간이 촉박하죠."

"……."

"아군이 아니라면 공주 마마의 목숨을 노리고 온 적이겠죠. 시간상으로는 미리 대기하고 있던 적이 분명해요."

"그럼 신선 오라버니는요……."

효명 공주의 목소리가 살짝 떨렸다.

"신선 오라버니라뇨?"

"패, 팽 공자님 말이에요. 혹시라도 속아서 적에게……."

"믿을 수밖에 없죠."

"빨리 나가서 팽 공자를 구하세요. 이건 명령이에요."

효명은 출구 쪽을 가리키며 제갈공려를 노려보았다.

그 모습에 제갈공려가 한빈이 전한 서찰을 가리켰다.

"여기에 있는 내용이 맞는다면 그건 불가능해요."

"……."

"여기에 써 있거든요. 열쇠가 없다면, 나올 수 있는 방법은 다음 보름달이 뜰 때밖에 없다고요."

"그럼 우리는 팽 공자가 당하는 걸 지켜보고 있어야 한다는 거예요?"

"지금 상황으로는요."

효명 공주는 고개를 돌려 석상을 바라봤다.

"아무래도……."

하지만 효명 공주는 말을 잇지 못했다.

제갈공려는 효명 공주의 견정혈에서 손가락을 뗐다.

"죄송해요. 공주 마마의 신변을 보호하기 위해서 할 수 없이 손을 썼네요."

제갈공려는 미안한 표정으로 효명 공주를 바라봤다.

힘을 잃은 그녀를 장유중이 받았다.

그때였다.

뒤쪽에서 소란이 일어났다.

향로 주변에 있던 누군가가 갑자기 쓰러진 것이다.

털썩.

고개를 돌려 보니 한 명이 아니었다.

무려 다섯 명이나 되는 인원이 향로를 중심으로 쓰러졌다.

순간 제갈공려는 눈을 가늘게 떴다.

그들이 쓰러진 모습이 밖에 있는 적들이 쓰러진 모습과 흡사했기 때문이다.

제갈공려는 재빨리 외쳤다.

"모두 경계를!"

"네, 알았어요."

설화가 재빨리 반응하며 우혈랑검을 뽑아 들었다.

갑작스러운 상황에 유생들이 떨리는 눈빛으로 경계했다.

그때 양석봉이 조심스러운 목소리로 물었다.

"지, 지금 뭐 하시는 겁니까? 제갈공려 학사님."

그 질문에 제갈공려가 외쳤다.

"모두 향로 앞으로 모이세요!"

판단 (1)

제갈공려의 지시는 유생들에게는 청천에 날벼락이었다.

그들은 동료 유생이 쓰러진 이유가 향로에 독이 있어서라 생각했다.

그러지 않아도 그들은 불안한 듯 눈치를 보던 중이었다.

그런데 향로로 모이라니!

아무리 생각해도 이해가 안 되었던 것이다.

양석봉이 다시 물었다.

"대체 저희에게 왜 그런……?"

양석봉이 떨리는 목소리로 말하자 장유중이 한 발 앞으로 나왔다.

"이번 학기의 시험은 이것으로 대신한다!"

장유중이 향로를 가리키자 유생들이 점점 향로 쪽으로 다가왔다.

유생에게 시험이란 절대적인 존재였다.

하지만 몇몇 유생은 머뭇거렸다.

눈썰미가 좋은 제갈공려가 유생들의 이상한 행동을 눈치 못 챌 리 없었다.

순간 몇몇 유생과 제갈공려 쪽 유생이 갈리기 시작했다.

제갈공려는 바로 검을 뽑았다.

스릉.

순간의 실내의 공기가 싸늘하게 얼어붙었다.

상대 쪽에서도 바로 반응했다.

스릉.

그들도 검을 뽑았다.

그 모습에 옆에 있던 장유중이 놀라 물었다.

"대체 저들이 왜 검을……?"

"강호의 일은 저희에게 맡겨 주시죠."

제갈공려가 장유중을 막았다.

한편 한빈은 천천히 앞으로 나갔다.

하지만 발놀림은 예사롭지 않았다.

갈지(之)자로 구걸십팔보를 펼치며 앞으로 나아갔다.

고작 일 성의 구걸십팔보이기에 한빈의 모습을 모두가 확인할 수 있었다.

한빈이 음양쌍마가 있는 쪽을 지나갈 때였다.

그는 눈에 보이지 않는 속도로 손을 뻗었다.

수하의 정혈을 뽑아 막 회복을 마친 음양쌍마가 동시에 자리에서 쓰러졌다.

털썩!

한빈이 그들의 마혈을 제압한 것이다.

한빈과 동수였지만, 앞에 나타난 금의위 복장의 무사들에게 신경을 집중한 음양쌍마는 손도 못 쓰고 쓰러졌다.

한빈은 혈녀의 앞에 전서 통 하나를 던졌다.

휙!

백발백중의 수법으로 쏘아 낸 전서 통은 혈녀의 손바닥 위에 떨어졌다.

그 모습을 확인한 한빈은 몸을 돌렸다.

눈 깜짝할 사이에 한빈은 금의위 복장을 한 무인의 앞에 섰다.

한빈은 그를 향해 가볍게 포권했다.

"금의위에서 오셨군요. 저는 유림 서원의 유생인 팽한빈이라고 합니다."

"저는 금의위의 마원입니다."

"마원 대협이셨군요."

"대협이라니, 당치 않습니다."

금의위의 마원이 손을 내저었다.

한빈의 시선은 그의 손을 따라 움직였다.

마치 신기한 듯 고개를 돌리는 한빈의 모습에, 마원은 못마땅한 듯 미간을 좁혔다.

하지만 한빈은 계속 마원을 훑어봤다.

한빈이 보고 있는 것은 그들의 목덜미와 이마 그리고 손이었다.

이 세 곳은 변장할 때 강호인들이 가장 실수를 많이 하는 곳이다.

서른 중반도 안 되었는데 손등에 주름이 잡혔다든지, 목덜미에서 나이가 느껴진다든지…….

혹은 이마 부근에 접착의 흔적이 남아 있다든지 하는 실수는 제법 흔했다.

이런 달빛에서 그것을 발견할 수 있는 자가 드물다는 것도 사실이다.

물론 한빈은 예외였다.

변장과 독술에 있어서는 누구에게도 지지 않을 한빈이었다.

조그마한 실수도 한빈은 놓치지 않을 자신이 있었다.

하지만 목덜미를 본 한빈은 오점을 찾을 수 없었다.

나이대가 같은 사람으로 변장했을 경우는 차이를 느끼지 못하는 것도 당연했다.

이마도 마찬가지였다.

최고급 변장 도구를 썼는지는 몰라도 흔적이 보이지 않았다.

다만, 손등에 난 상처가 문제였다.

손등에 난 상처의 흔적을 자세히 보던 한빈이 고개를 돌렸다.

그것도 잠시, 한빈은 팔짱을 꼈다.

경계심을 늦추려는 방법이었다.

"혹시⋯⋯. 강유찬 대인은 잘 계시오?"

"잘 계십니다. 그러지 않아도 팽 공자의 안부를 묻더이다."

한빈이 고개를 끄덕였다.

곧 한빈이 눈을 가늘게 뜨며 마원의 얼굴을 가리켰다.

"그런데 말입니다, 마원 대협."

"왜 그러시오?"

"이마에 풀이 제대로 붙지 않은 것 같소. 흠."

능청스럽게 헛기침하는 한빈의 모습에 마원의 미간에 골짜기가 생겼다.

덕분에 이제까지는 안 보이던 변장의 자국이 드러났다.

살짝 입꼬리를 올리는 한빈.

마원은 자신의 상태도 모른 채 물었다.

"대체 그게 무슨 말이오?"

"이마에 인피면구가 잘 붙지 않았소. 아까는 안 보였는데……. 인상을 쓰니 티가 나는구려."

"대체 뭔 말인지 모르겠소."

"그리고 그 허리띠 말이오. 가짜 티가 너무 나오. 금의위의 허리띠는 황제 폐하께서 직접 하사하신 물건이지요. 그 재료는 북경의 한 포목점에서만 취급합니다. 재미있는 것은 사람들이 모두 그 재료를 착각한다는 점입니다."

"……."

"사람들은 그 재료를 비단으로 알고 있지만, 사실은 아닙니다. 순백의 면을 노란 색소로 물들인 허리띠이지요. 중요한 것은 노란 색소에 금가루를 섞었다는 점입니다. 아무도 그게 진짜 금이라고는 생각을 못 하죠."

"……."

"그런데 사실 나는 상관없습니다."

"흠."

"저는 마교인이라고 해서 낯을 가리는 사람이 아니니까 말입니다."

"대체 지금 뭐라 하는 것인가?"

마원의 눈동자가 매섭게 변했다.

하지만 한빈은 아랑곳하지 않고 말을 이었다.

"당신이 마교든, 정체불명의 세력이든 관계없소. 목적이 있어 이곳에 왔다는 것이 중요할 뿐이오."

한빈의 말투가 딱딱하게 바뀌자 마원이 눈썹을 꿈틀댔다.

"그게 무슨 말이오?"

"아까부터 지켜보고 계시지 않았소."

"……."

마원이 아무 말 없이 한빈을 바라봤다.

그때 한빈이 말을 이었다.

"아무래도 소개를 다시 해야겠군요. 저는 아까 엿들은 대로 진룡소협이라 불러 주시면 됩니다."

"진룡이라……."

"아무래도 소개에 인색한 것 같으시니, 제가 아는 대로 읊어 보겠습니다. 마교 서열 십이 위인 잔혈마도와는 의형제를 맺고 있고……."

한빈의 말은 점점 빨라졌다.

마원의 입에서 저절로 침음성이 새어 나왔다.

"음."

"정파에서는 잔혈마창이라 불린다지요? 안 그렇습니까? 마원 대협."

말을 마친 한빈은 빙긋 웃었다.

웃음도 잠시, 한빈이 다시 말을 이었다.

"당신이 익힌 무공은 십칠수라창법으로……."

그는 한빈이 전생에 알고 있는 마인이었다.

당시에는 서로 병장기를 맞댈 정도로 한빈의 무위가 높지
는 못했다.

상대는 극마의 고수.

정파로 치면 화경에 속하는 고수라는 말이었다.

조금 세분하자면, 극마에서도 오 급에 속하는 고수였다.

즉 마원은 화경 중 오경에 속하는 고수와 무위를 겨룰 수
있는 자였다.

귀검대주인 한빈은 멀리서나마 그의 약점과 정보를 취합
해 정의맹에 보고한 적이 있었다.

지금 그가 말한 마원이란 이름은 아마도 본명일 것이다.

잔혈마도와 비교하자면, 잔혈마창의 무공이 한 수 위였다.

한빈은 뒤쪽을 힐끔 바라봤다.

한빈의 발치에서 몇 걸음 떨어지지 않은 곳에는 음양쌍마
가 꿈틀대고 있었다.

사실 이렇게 대화를 길게 가져가는 것은 한빈에게 의도가
있어서였다.

먼저 첫 번째로 확인을 하고, 그것이 안 되면 두 번째 방법
을 써야 했다.

한빈의 입이 물레방아 돌듯 끊임없이 정보를 뱉어 냈다.

물론 말하는 도중에도 마원의 표정을 살피는 것은 잊지 않
았다.

마원이 못 참겠다는 듯 내공을 실어 외쳤다.

"음, 네놈이 진정 스스로 무덤을 파는구나! 차라리 도망갔으면 편했을 것을!"

마지막 말에 주변의 돌덩이가 뒤쪽으로 튄다.

일부 돌덩이는 뒤쪽으로 쓰러져 있는 음양쌍마의 면상을 향했다.

한빈은 뒤쪽으로 한 발 물러서 음양쌍마 쪽으로 날아가는 돌조각을 가볍게 낚아챘다.

휙.

누가 봐도 음양쌍마를 챙겨 주는 모습.

한빈은 마원을 향해 다시 포권했다.

"저와 적대할 필요가 있겠습니까? 그냥 원하는 것만 말씀해 주시면 됩니다."

"한 가지만 묻겠다."

"말씀하시지요."

"어떻게 알아봤지?"

한빈은 피식 웃었다.

자신의 실수를 복기하려는 모습으로 봐서 상대는 훌륭한 무인이었다.

작은 웃음의 끝에 한빈이 손가락으로 어딘가를 가리켰다.

"그건 간단합니다. 바로 손등에 난 상처 때문이죠."

"손등이라……."

"손등에 난 상처를 자세히 보면 누구라도 잔혈마도의 도법에 의해서 난 상처라는 것을 알 수 있죠."

"누구라도?"

"네, 누구라도요. 그걸 못 알아보면 눈이 삔 게지요."

물론 거짓말이었다.

한빈은 영단산에서 잔혈마도와 검을 마주한 적이 있었다.

그때 서로 몸을 원 없이 썰어 댔으니 그 수법을 모르려야
모를 수가 없었다.

잔혈마창 마원이 침음을 흘렸다.

"음."

"그리고 금의위로 변장해서 오셨다면 시간을 좀 더 끌었어
야 했겠지요. 진법이 풀리자마자 이렇게 들이닥치면 미리 기
다린 꼴밖에는 더 되겠습니까?"

"위험한 놈이구나. 정체를 알았으면 죽어야지."

마원이 창대를 꼬나 쥐었다.

창을 잡은 부분에서 붉은 기운이 스멀스멀 피어났다.

그 모습에 한빈이 손을 내저었다.

"왜 그러십니까? 마원 대……."

한빈은 말을 맺지 못했다.

마원의 창이 한빈을 훑고 지나갔기 때문이다.

팡!

둔탁한 파공성이 밤공기를 갈랐다.

하지만 한빈은 그 자리에 없었다.

대신 대나무로 만든 전서 통이 마원의 얼굴을 향해 빠른 속도로 날아왔다.

슝!

마원의 창이 일도양단의 기세로 전서 통을 갈랐다.

한빈의 수법은 본 마원이 미리 위험을 차단한 것이다.

전서 통에는 마원이 걱정하던 독 가루는 없었다.

대신 반으로 갈라진 쪽지가 낙엽처럼 아래로 떨어질 뿐이었다.

마원의 창이 반쪽 난 쪽지를 향해 빠르게 움직였다.

마치 꼬치로 고기를 꿰듯 아무렇지 않게 창끝으로 반쪽 난 쪽지를 낚아챘다.

마원은 창을 거두고 쪽지를 확인했다.

쪽지를 본 마원의 눈이 커졌다.

그때였다.

앞쪽에서 한기가 몰아쳤다.

스윽!

한빈이 있던 자리에 다섯 개의 핏빛 줄기가 마원의 앞으로 다가왔다.

팡!

마원이 공격을 쳐 냈다.

마원의 앞에는 음양쌍마가 꼿꼿이 서 있었다.

음양쌍마 중 혈녀가 눈을 크게 떴다.

"진정 마교의 놈들이더냐?"

"혈교와 손을 잡았다는 음양쌍마구나."

마원도 눈매를 좁혔다.

말을 마친 마원이 삼매진화로 오른손에 있는 쪽지를 태워 버렸다.

그러고는 바로 창대를 꼬나 쥐었다.

그는 창대를 높이 들었다.

붕!

그 소리에 뒤쪽 있던 마원의 수하가 창대를 땅에 꽂았다.

그 뒤쪽에서 박도를 든 금의위 무사들이 한 걸음 앞으로 나온다.

그들의 수장은 허리띠를 잡더니, 잡아당겼다.

순식간에 그들의 옷이 변했다.

마치 무대의 배우들이 변검의 수법으로 얼굴을 바꾸듯, 그들의 복장이 바뀌었다.

수장이 변장을 풀자 뒤쪽의 수하들도 복장을 바꾸었다.

달빛을 받은 그들의 모습은 핏빛 불이 일렁이는 것 같은 착각이 들었다.

한빈이 빠진 자리에 그들은 음양쌍마와 마주 섰다.

음양쌍마가 눈을 가늘게 뜨고 상대를 바라봤다.

한빈은 몸을 숨긴 채 잔혈마창과 음양쌍마의 대화를 지켜 봤다.

한빈은 뒤쪽으로 물러서며 음양쌍마의 마혈을 풀어 주었다.

두 번째 확인을 위해서였다.

한빈은 잔혈마창 마원이 이곳에 온 이유를 아직 모른다.

일단 지금 대화로 봐서는 둘이 같은 패는 아니라는 게 확실했다.

한빈은 먼저 마원이 적인지 아군인지를 밝혀내야 했다.

한빈은 적의 적은 아군이라는 신념을 가지고 있었다.

그렇다면 소군을 죽이려 했던 마교인은 적일까? 아군일까?

바꿔 생각해도 된다. 마교인이 죽이려 했던 소군은 적일까, 아군일까?

적일 수도 아군일 수도 있었다.

얼마 전 한빈은 정파가 분열될 뻔한 일련의 사건을 마주했다.

마찬가지로 마교도 그런 과정을 거쳤을지도 몰랐다.

정파를 손에 넣으려던 암제와 같은 마두가 마교에 없으리란 보장은 없었다.

만약 한빈의 예상을 뒤엎고 저 둘이 힘을 합쳐 한빈을 공격해 온다면?

한빈은 미련 없이 이 자리를 떠날 생각이었다.

며칠 후면 황궁에서 보낸 군사들이 이곳에 도착할 터.

한빈은 조용히 고개를 돌렸다.

그곳에는 한빈이 발견한 통로가 있었다.

한빈이 서찰에 밝힌 내용은 사실이었다.

그의 말대로 열쇠가 없다면, 다음 보름달이 떠야 저 통로
는 열릴 것이었다.

그래서 식량을 준비해 가라고 한 것이었다.

그 전까지 한빈이 열어 주지 않는다면 나올 방법이 없었
다.

아마 적들도 그것을 안다면 쉽게 공격하지 못할 터였다.

비밀 공간은 한마디로 난공불락의 요새였다.

한빈은 다시 고개를 돌렸다.

팽팽하게 맞선 두 세력을 지켜보기 위해서였다.

만약 저들이 아군이라면?

마교와 손을 잡아야 할까?

지금은 그게 문제가 아니었다.

저들의 싸움을 지켜보고 정확한 판단을 내리는 것이 문제
였다.

원래 인생이라는 것은 선택의 연속이라고 옛 성현께서 말
씀하시지 않았던가?

그들의 대결을 지켜보던 한빈은 고개를 끄덕였다.

일단 둘이 한패일 것이라는 걱정은 뒤로해야 할 것 같았
다.

그만큼 그들의 대결은 치열했다.

챙. 챙.

병장기 부딪치는 소리가 사방에 울리고 가끔은 비명도 울려 퍼진다.

악!

푹!

살점이 날아다니고 핏물이 밤하늘을 수놓는다.

이대로 가면 양패구상!

한빈이 원하는 바였다.

살짝 음양쌍마가 밀렸다.

그들은 한빈에게 당한 상처가 있기에 움직임이 느렸다.

한빈은 재빨리 만월을 꺼냈다.

가벼운 동작에는 월아보다 단검이 더욱 적합했다.

한빈이 원하는 것은 치명상이 아니었다.

적절한 시기에 구결을 수확하고 양쪽의 균형을 맞추는 것이었다.

한빈은 재빨리 용린검법을 떠올렸다.

'전광석화!'

'구결십팔보!'

'반박귀진!'

순간 미약하게 새어 나오던 한빈의 기세가 냇물을 둑으로 막은 듯 멈췄다.

자연과 하나가 된 듯한 한빈의 모습.

주변에 있던 풀벌레조차 한빈의 기척을 알아채지 못했다.

한빈은 조용히 아수라장의 한가운데로 걸어갔다.

음양쌍마는 점점 더 밀렸다.

그들은 등을 대고 마교의 인원들에게 대항하고 있었다.

자칫하면 숨이 넘어갈 것 같았다.

음양쌍마가 둘 다 멀쩡하다면 승부는 예측 불허.

한빈의 손이 소리 없이 움직였다.

푹.

경쾌한 소리와 함께 비명이 튀어나왔다.

"헉!"

잔혈마창 마원이 토해 낸 목소리였다.

막 음마혈녀의 목을 꿰뚫으려는 순간, 허벅지에 통증을 느
낀 것이다.

마원이 외쳤다.

"누구냐?"

"그건 비밀입니다."

목소리가 들린 곳을 바라봤지만, 이미 자취를 감춘 후였
다.

마원은 재빨리 옷을 찢어 허벅지를 칭칭 동여맸다.

분명 아까 봤던 하북팽가의 사 공자가 맞았다.

음양쌍마와 싸우던 하북팽가의 사 공자가 왜?

마원은 고개를 흔들었다.

하북팽가의 사 공자라는 신분이 진짜가 아닐 수 있다 생각했다.

사 공자의 탈을 뒤집어쓴 은거 기인일 가능성이 컸다.

마원은 하북팽가의 사 공자에 대해 꽤 많은 조사를 했다.

하지만 그의 조사는 허점투성이었다.

그가 조사한 내용은 허풍으로 가득 차 있었다.

세간에서 말하는 하북팽가 사 공자의 무위는 불과 초절정 정도였다.

다만, 귀신같은 경공술이 특기였다.

거기에 더해 얍삽한 검법.

이건 마원의 개인적인 평가였다.

마원은 기척을 내지 않고 음양쌍마와 하북팽가 사 공자의 대결을 지켜봤다.

아무리 봐도 하북팽가 사 공자의 무공은 평범했다.

내공의 수준으로 본다면, 잘해야 절정 정도였다.

문제는 함정으로 상대를 옭아 넣는 계략이었다.

지금도 신출귀몰한 경공으로 싸움을 붙이고 사라졌다.

마원은 그가 자신의 눈앞에 나타나지 않으리라는 확신이 있었다.

내공의 격차는 노력으로 메울 수 있는 것이 아니니까!

그런데 자신의 허벅지를 찌르고 사라진 것이다.

비명의 끝에 마원이 분노해서 외쳤다.

"미꾸라지 같은 놈!"

그때였다.

음마혈녀의 용조수가 그의 안면으로 날아왔다.

마원은 이게 함정일 것이라 생각했다.

음양쌍마와 하북팽가 사 공자가 싸운 것도 모두 거짓이고
말이다.

대체 어떻게 된 것일까?

마원은 이를 악물고 창을 휘둘렀다.

그의 창날이 밤하늘에서 화려한 곡선을 그린다.

검은 먹지에 은색 물감으로 난을 그리듯 그의 창이 움직였
다.

파방!

하지만 불의의 일격을 당한 마원의 움직임은 눈에 띄게 느
려졌다.

음녀가 그 틈을 놓칠 리 없었다.

그의 용조수가 마원의 옆구리를 파고들었다.

슥.

순간 용조수를 통해 가느다란 혈선이 따라 올라온다.

상대의 정기를 흡수하는 혈조신공이 발동된 것이다.

마원이 밀리자 그의 수하들도 속절없이 나가떨어지기 시
작했다.

음녀는 지금의 상황이 황당했다.

자신을 구석으로 몰아넣은 것이 하북팽가 사 공자가 아니던가?

그런데 왜 자신을 도와준다는 말인가?

고민은 필요 없었다.

잔혈마창을 죽이고 하북팽가의 사 공자도 죽이면 되는 일이었다.

그때였다.

음마혈녀는 발바닥에서 따끔한 통증을 느꼈다.

"헉."

자신이 깔아 둔 철질려였다.

문제는 처음 깔아 뒀던 곳이 여기가 아니라는 점이었다.

즉, 누군가 옮겨 놨다는 것이다.

음마혈녀는 이를 악물고 철질려를 빼내었다.

한빈은 그들의 대결 장소에서 한참 멀리 떨어진 곳에 몸을 숨겼다.

그러고는 허공을 바라봤다.

[천급 구결 유(悠)를 획득하셨습니다.]

[천급 - 유(悠), 자(自), 유(悠)]

천급 구결 완성까지 남은 것은 이제 하나!

마원에게는 더 구결이 보이지 않았다.

즉, 이곳에 있는 고수들에게는 모든 구결을 뽑아 먹었다는 말이었다.

"쩝."

한빈은 자신도 모르게 입맛을 다셨다.

남은 구결 하나는 다른 고수를 통해 획득하는 수밖에 없었다.

한빈은 다시 대결을 지켜봤다.

마교와 음양쌍마가 적이라는 것은 아직 판단하기는 일렀다.

만약에 저것이 연극이라면?

한빈도 전생에 주로 쓰던 수법이었다.

저런 수법은 제법 잘 걸려들었다.

예를 들어 자신보다 무공의 경지가 높은 무인을 상대할 때는 미끼로 최고였다.

한빈은 잠시 후에도 판단이 안 서면 그들 모두를 제압할 생각이었다.

챙! 챙!

병장기 소리가 궁중 악사들의 연주처럼 일정 간격으로 울렸다.

그때 음양쌍마의 수하 중 몇이 깨어났다.

기울어졌던 승부의 저울이 다시 균형을 이루었다.

만월을 빼 들고 다가가려던 한빈은 잠시 발길을 멈췄다.

병장기 울리는 소리의 간격이 점점 빨라졌다.

가끔씩 새어 나오는 풀피리 소리.

그것은 그들의 거친 숨소리였다.

긴 창을 가지고 있는 마교 쪽 무사들은 최대한 거리를 벌리기 위해 뒷걸음질 친다.

참살수라대의 대원들은 그 간격을 파고들기 위해 안간힘을 쓴다.

간격 안으로 들어가려 하면, 마교 측 무사들은 창을 회전시킨다.

한빈은 그들의 수법을 한눈에 알 수 있었다.

마룡회창(魔龍回槍).

개인의 초식 같지만, 이건 합격진의 일종이었다.

각각의 창이 마룡의 비늘에 불과하다.

그 비늘이 모이면 용의 형상이 되는 건 당연지사.

그들은 마룡회창의 수법으로 창을 회전시키며 대열을 길게 늘어뜨렸다.

그렇게 늘어뜨린 대열은 어느덧 음양쌍마와 참살수라대를 포위했다.

모든 동작이 물 흐르듯 자연스러웠다.

동그랗게 똬리를 튼 마룡이 기세를 피워 내자, 마원이 한 걸음 앞으로 나왔다.

마룡회창의 합격진이 피워 내는 기세 중에서 유독 눈에 띄는 마원의 기운.

마치 마룡의 눈동자에 점을 찍은 느낌이었다.

그야말로 화룡점정.

마룡회창의 기세가 사그라들지 않고 점점 강해졌다.

살을 찌르는 듯한 마기에 음양쌍마가 서로를 바라봤다.

서로를 바라보던 그들은 고개를 끄덕였다.

음마혈녀가 손을 내젓자 남은 참살수라대의 대원들이 삼각형 모양으로 진영을 이루었다.

참살수라진 중 방어진에 속하는 모양이다.

마룡회창과 참살수라진의 기운이 부딪히며 공명을 만들어 냈다.

우우—웅.

마치 어떤 창도 뚫을 수 없는 방패와, 어떤 방패도 뚫을 수 있는 창이 대립하는 모습.

그때 음양쌍마가 마원의 앞으로 튀어나왔다.

순간 음양쌍마의 눈이 점점 붉어졌다.

동공에서 피가 흘러나오는 듯한 착각이 든다.

아니, 그것은 착각이 아니었다.

음양쌍마는 실제로 피눈물을 흘리고 있었다.

그들이 흘리는 피눈물은 정상이 아니었다.

화로 위에 떨어진 물방울처럼 끓고 있었다.

그들을 바라보던 마원이 놀란 눈으로 외쳤다.

"염화대법(炎火大法)!"

"알아보는군."

음마혈녀가 웃음을 피워 냈다.

염화대법은 피를 매개로 공력을 단시간에 끌어올리는 수법이었다.

혈교의 고유 수법을 알아본 듯 마원이 한 발짝 뒤로 물러났다.

순간 음양쌍마가 동시에 마원을 향해 달려들었다.

"죽어라! 마교의 개!"

음양쌍마가 각각의 용조수를 뻗는다.

파박!

마치 방패의 가운데에서 검이 튀어나오는 느낌.

마원은 재빨리 창대로 막았다.

휘익.

"풋, 그 정도의 실력 가지고 내 목을 노린다고?"

마원이 피식 웃었다.

거대한 합격진 안에서 마원과 음양쌍마가 어지럽게 얽혔다.

하지만 음양쌍마의 염화대법에 마원은 점점 수세로 몰렸다.

푹, 푹.

요혈은 피했지만, 음양쌍마의 용조수가 마원의 살가죽을 뚫고 있었다.

순간 마원은 결심한 듯 이를 악물었다.

갑자기 마원의 주위에 붉은색 기운이 일렁이기 시작했다.

음양쌍마가 피워 내는 기운도 붉은색.

마원의 기운도 붉은색이었다.

다만, 음양쌍마가 피워내는 붉은색 기운이 조금 더 짙었다.

붉은색 도깨비불 두 개가 꺼진 불 위에서 나뒹구는 모습이었다.

점점 기세가 강해지자 주변에 먼지가 들끓기 시작했다.

마치 물이 끓으며 증기가 휘날리는 듯한 착각마저 들 정도.

이를 멀리서 지켜보던 한빈. 한빈은 마원의 수법을 알고 있었다.

잔혈마도가 펼쳤던 역혈대법이었다.

그들의 내공 대결에 한빈은 눈매를 좁혔다.

염화대법과 역혈대법을 극성까지 끌어올린다면?

딱 하나의 단어로 귀결된다.

'동귀어진!'

한빈이 보기에는 둘 다 동귀어진의 수법을 택한 것이다.

한빈이 혀를 찼다.

"동귀어진이 무슨 유행도 아니고……."

순간 한빈의 눈이 커졌다.

갑자기 그들 사이에서 황금빛 점이 보였기 때문이다.

이제 다 수거했다고 생각한 천급 구결이 분명했다.

그들이 몇 배로 끌어올린 내공 덕분에 생긴 것이 분명했다.

지금도 마원과 음양쌍마가 만든 진기의 소용돌이는 점점 커지고 있었다.

바늘로 건들면 툭 하고 터질 것 같았다.

한빈은 자리에서 일어나 옷자락을 털었다.

툭툭 먼지를 털어 낸 한빈은 재빨리 진기의 소용돌이 안으로 뛰어 들어갔다.

반박귀진은 펼칠 필요도 없었다.

진기의 소용돌이를 뚫어야 구결을 획득할 수 있다.

그러니 자신의 기세를 숨길 필요는 애초에 없었다.

한빈은 만월을 집어넣고 월아를 빼 들었다.

진기를 품은 월아가 작게 검명을 토해 냈다.

스릉!

'일촉즉발.'

순간, 월아의 검신에 푸른 강기가 맺혔다.

한빈이 궁수가 쏜 화살처럼 진기의 소용돌이 속으로 날아갔다.

슝!

일부러 기세를 피우기 위해 구걸십팔보가 아닌 구룡십팔
보로 보법을 바꾸었다.

구룡십팔보와 일촉즉발이 조화를 이루자 한빈은 한 마리
의 용이 되었다.

유생의 하얀 복장에 월아가 품은 푸른 강기.

누가 보면 백룡이 푸른 여의주를 물고 간다고 착각할 정도
였다.

눈 깜짝할 사이에 한빈의 푸른 강기와 그들의 붉은색 소용
돌이가 충돌했다.

쿠아앙!

마치 진천뢰가 터지는 듯한 소리가 울렸다.

그 소리와 함께 진기의 소용돌이가 멈췄다.

주변에서 대치하던 무사들의 움직임도 멈췄다.

마치 부서진 바위의 돌조각이 나뒹굴듯 한빈과 음양쌍마
그리고 마원을 중심으로 모두가 널브러져 있었다.

물론 한빈의 몸도 멀쩡하지는 않았다.

백색의 유생 복장은 완전히 너덜너덜해져 있었다.

그 사이로 핏물이 스며들고 있었다.

점점 붉게 물드는 한빈의 상의.

한빈의 몸 상태는 그리 좋지 않았다.

오장육부가 흔들렸으며 혈맥에 흐르는 진기도 불안정했다.

물론 마원과 음양쌍마는 가늘게 숨만 붙어 있는 정도였다.

들끓는 내기에도 한빈은 아무렇지 않게 허공을 바라봤다.

[용안으로 구결을 확인합니다.]
[천급 구결 유(類)를 획득하셨습니다.]
[천급 구결 유(類)를 획득하셨습니다.]

한빈은 자신이 이제까지 획득한 구결을 확인했다.

[천급 - 유(悠), 자(自), 유(悠), 유(類), 유(類)]

순간 한빈의 눈이 커졌다.

무려 다섯 개의 구결이 모였는데, 초식이 완성되지 않았다.

아무래도 초식의 짝이 맞지 않는 것이 분명했다.

"쩝, 이것 참……."

그렇다면?

한빈은 가늘게 호흡을 이어 나가고 있던 마원과 음양쌍마를 바라봤다.

그들에게 기사회생의 수법을 사용해서 다시 싸움을 붙이면 어떻게 될까 하는 말도 안 되는 상상을 했다.

그들이 멀쩡하다면 새로운 천급 구결이 나타날 수도 있지 않을까 생각했기 때문이다.

한빈은 재빨리 용린검법의 초식을 떠올렸다.

'기사회생.'

물론 이번 기사회생은 그들을 회복시키기 위해 펼친 것이 아니다.

기사회생을 떠올리자 몸속에 흩어졌던 용린의 기운이 한빈의 몸에 휘돌기 시작했다.

휘익.

질풍처럼 한빈의 몸을 휘도는 용린의 기운.

의복을 적셨던 핏물은 이내 멈췄다.

밖으로는 드러나지 않지만, 의복 안쪽의 상처는 이미 아물었다.

물론 완벽한 회복은 아니었다.

기사회생은 시전자의 상처 및 체력을 구 할 회복시키는 초식이니 말이다.

일 할의 상처는 아직 남은 상태.

사실 내공을 사용하는 기사회생보다는 상단전의 기운을 사용하는 금의환향을 먼저 쓰려고 했다.

하지만 이번 충돌로 상단전의 기운은 진탕이 되었다.

한빈은 몸 상태를 확인했다.

몸 상태는 딱 구 할만큼 정상으로 돌아왔다.

그 정도면 이 상황을 마무리 짓는 데는 족했다.

그때 마원이 눈을 가늘게 떴다.

붉은 용과도 같은 모습이 희미하게 그의 눈에 들어왔다.

붉은 피를 흠뻑 뒤집어쓴 모습.

마원의 눈이 커졌다.

저 모습은 세간에서 듣던 바로 그 모습이었다.

'적룡대협.'

죽었다고 알려졌다가 다시 강호에 모습을 드러낸 은둔 기인이자 사파의 영웅.

적룡대협을 머릿속에 떠올린 마원은 이를 악물었다.

마원이 태어나 처음으로 눈물을 흘린 것이 바로 얼마 전이었다.

잔혈마도가 죽었다는 소식을 접했을 때였다.

그의 가슴은 무너져 내렸다.

그와 잔혈마도는 둘도 없는 친구였다.

의형제나 다름없던 그들은 신교, 즉 마교 내에서 생사고락을 같이했다.

어린 시절 잠마동에 들어가 백 번이 넘는 고비를 넘기며 살아남았다.

그 후 그들은 신교 최상위의 고수로 성장했다.

그들은 거칠 것이 없었다.

잔혈마도의 호쾌한 도는 강호인을 벌벌 떨게 만들었으며, 잔혈마창의 날카로운 창은 무인들을 얼어붙게 만들었다.

그들의 도와 창에는 자비란 없었다.

신교에서 입지를 탄탄하게 닦은 그들에게 몇 년 전 새로운 임무가 내려졌다.

그것은 바로 소마군에 대한 호위였다.

그들은 임무의 중요성에 대해 알고 있었다.

마령지체를 타고난 소마군의 성장은 신교의 부흥을 이끌 것이었다.

그런데 몇 해 전 문제가 생겼다.

소마군의 마령지체에 금이 가기 시작한 것이다.

금이 간다는 건 단전이 마령을 온전히 보관하지 못하고 무너진다는 것을 뜻한다.

온전히 마공을 익힐 수도 없는 상태.

그 문제를 해결하기 위해서는 천산혈랑의 내단이 필요했다.

그들은 천산혈랑 한 쌍을 우여곡절 끝에 구했다.

그 후 천산혈랑의 내단을 채취하기 위해 기다렸다.

천산혈랑은 신교가 신성시하는 천산의 영물이기도 했다.

두 마리를 준비한 것은 천산혈랑의 씨를 남기기 위함이었다.

그런데 어느 날, 천산혈랑이 흑철로 만든 우리에서 도망을

쳐 버렸다.

천산혈랑의 발톱이나 이빨로도 부술 수 없는 우리였다.

교주는 잔혈마도에게 은밀한 지시를 내렸다.

천산혈랑의 내단을 가져오라는 지시였다.

그것을 막는 자는 누구를 막론하고 목숨을 거두라고 했다.

방해하는 자가 바로 천산혈랑을 우리에서 풀어 준 배신자일 가능성이 있다고 생각했다.

문제는 잔혈마도가 천산혈랑의 내단을 구해 오기는커녕, 영단산에서 적룡대협이라는 고수의 손에 숨을 거둔 것.

물론 시체는 찾지 못했다.

세간의 말에 의하면 적룡대협이라는 자와 함께 물고기 밥이 되었을 것이라 했다.

그렇게 마원이 복수의 칼을 갈고 있을 때였다.

그가 호위하던 소마군마저 없어진 것이다.

마원은 신교에서부터 이곳까지 소마군의 흔적을 쫓아왔다.

그 흔적으로 미루어 보면 신교 내에 배신자가 있는 것이 분명했다.

사실 소마군의 흔적이 이곳 유림 서원으로 이어질 줄은 몰랐었다.

그 후 호시탐탐 기회를 노리던 중, 유림 서원의 진법이 깨진 것이 조금 전이었다.

　조용히 기회를 봐서 소마군을 데려가려고 했던 마원이었다.

　물론 이곳에 있던 자들을 단창에 박살 낼 자신도 있었다.

　하지만 소마군의 안위가 먼저였다.

　사실 이런 결과로 이어질 줄은 몰랐다.

　그런데 뜻밖의 인물을 확인하게 된 것이다.

　앞에 있는 자는 분명히 적룡대협이 맞았다.

　생각해 보면 그가 쓰는 무공도 세간에서 말하는 신출귀몰과 궤를 같이했다.

　마원은 이를 악물며 창을 다시 잡으려 했다.

　그는 자신이 손끝 하나 움직일 수 없는 상태라는 것을 깨달았다.

　그가 안간힘을 쓰고 있는 동안, 적룡대협은 자리를 벗어났다.

　그때였다.

　널브러져 있던 음마혈녀의 용조수가 꿈틀했다.

　그 모습에 마원은 체념했다.

　적혈대협도 아니고 음양쌍마에게 목숨을 잃게 생긴 것이다.

비밀 공간을 열기 위해 만월경으로 향하던 한빈은 멈칫했다.

한빈은 고개를 돌려 멀리 있는 마원과 음양쌍마를 바라봤다.

그러고는 용린검법의 초식을 떠올렸다.

'근묵자흑.'

근묵자흑은 용린검법의 초식 중 금제법에 해당하는 수법이었다.

한빈은 이 수법을 아미백선에게 쓴 적이 있었다.

효과는 기대 이상이었다.

머리에 구결을 심어 놓고 그 구결을 언제든 발동시킬 수 있는 수법이 바로 근묵자흑이었다.

죽거나, 혹은 시전자의 지시에 순응하거나.

아미백선에게 구결을 발동시킬 필요는 없었다.

마침 아미백선과 한빈은 뜻이 상통했으니까.

그 후 같은 초식을 소군에게도 썼었다.

하지만 지금은 만일을 대비해 근묵자흑의 수법을 소군에게서 거둬들인 상태였다.

이것은 확실한 선견지명이었다.

생각보다 걱정하던 상황이 빨리 닥쳤으니까!

물론 그때는 근묵자흑을 펼쳐야 할 대상이 딱 한 명이었다.

지금은 그때와 상황이 많이 다르다.

지금까지의 상황을 보면, 그들 중 한쪽에게 근묵자흑의 초식을 펼치는 것이 맞았다.

한빈은 매의 눈으로 그들을 살폈다.

근묵자흑은 단 한 명에게만 시전할 수 있다.

그러니 근묵자흑을 시전할 상대를 고르는 일은 신중을 기하는 것이 맞다.

거기에 더해 심을 구결도 심각하게 고민해 봐야 했다.

한빈은 마원과 음양쌍마가 있는 곳으로 다가갔다.

다가가던 한빈이 발길을 멈추고 아래를 바라봤다.

"오호, 좋은 게 있었네?"

한빈이 집어 든 것은 잎이 무성한 대나무 가지였다.

대나무 가지를 든 한빈은 휘적휘적 쓰러진 적을 향해 다가갔다.

한빈은 마원과 음양쌍마의 앞에 섰다.

그때 한빈의 눈에 꿈틀대는 음양쌍마의 용조수가 보였다.

음양쌍마가 먼저 기운을 되찾은 것.

한빈은 씩 웃으며 말했다.

"다시 돌아와서 미안해. 혹시 이대로 끝날 거라고 안심한 건 아니지?"

"……."

아무 목소리도 들려오지 않자 한빈의 손이 움직였다.

툭, 툭.

한빈은 쓰러진 세 명의 혈도를 찍었다.

그것도 모자라 그들의 수하들의 마혈과 아혈까지 눌렀다.

다시 자리에 돌아온 한빈이 빙긋 웃었다.

"이렇게 해 놔야 공평하지. 아, 그러고 보니 아혈은 풀어 주는 게 좋겠지?"

한빈은 공평하게 셋의 아혈을 풀었다.

그러고는 그들은 조용히 바라봤다.

하지만 그들 중 입을 여는 이는 아무도 없었다.

그 모습에 한빈이 대나무 가지를 가리키며 말을 이었다.

"잠시만 기다려 봐. 지금 선물을 줄 사람을 골라야 하거든. 그리고 음마혈녀, 당신 정신 차린 거 다 아니까 그렇게 죽은 것처럼 있을 필요 없어."

"……네놈이!"

"목소리가 정정한 거 보니 한판 뜰 힘이 아직 남아 있나 봐?"

"차라리 죽여라."

"완전히 점쟁이네. 어떻게 내 맘을 알아?"

"……."

음마혈녀는 더는 말하지 못했다.

한빈의 표정이 차가웠기 때문이다.

웃고 있지만, 자비란 단어는 찾아볼 수 없는 얼굴이었다.

음마혈녀가 눈을 크게 뜨고 있을 때, 한빈이 대나무 가지를 들었다.

순간 음마혈녀의 눈동자가 떨렸다.

마치 대나무 가지로 후려칠 듯한 기세였다.

이런 모욕을 받느니, 차라리 죽는 게 좋았다.

음마혈녀가 혀를 깨물려 하는 순간.

그녀의 눈이 커졌다.

한빈이 잎사귀를 하나씩 따기 시작했기 때문이다.

잎사귀를 하나 딸 때마다 한빈이 그들의 이름을 읊조렸다.

"잔혈마창."

툭.

"음마혈녀."

툭.

잎사귀를 따면서 저렇게 중얼거리는 모습은 마치 저잣거리에서 뛰어노는 어린아이 같았다.

좋아한다, 싫어한다 같은 말을 외치며 상대의 마음을 점치는 순수한 어린아이의 모습.

문제는 한빈의 표정이 어린아이의 표정과는 다르다는 점이었다.

그리고 마지막 잎을 뽑았다.

"음마혈녀!"

말을 마친 한빈은 음마혈녀를 바라봤다.

한빈은 고개를 끄덕이며 실력편의 구결을 바라봤다.

한빈이 이번에 심을 구결은 바로 심(心)이었다.

심의 구결을 상대의 머리에 심어 놓는다면?

상대의 마음을 조종하는 것도 가능할 것이다.

물론 한빈이 말을 안 해 준다면 자신이 당한 것도 모를 것
이다.

한빈은 천천히 자신의 손을 음마혈녀의 천령개에 올려놨
다.

순간 죽음을 예감한 음마혈녀가 눈을 감았다.

꽃

비밀 공간에서는 일촉즉발의 상황이 이어지고 있었다.

효명 공주가 있기에 제갈공려는 섣불리 움직이지 못했다.

움직이려고 하면 상대는 묘한 움직임을 보였다.

그렇다고 그들은 다가오지도 않았다.

향로에서 피어나는 향을 두려워하는 것 같았다.

제갈공려는 그제야 한빈의 안배를 알 것 같았다.

어떻게 구별했는지 몰라도 향로의 향은 적들에게만 효과
가 있었다.

지금 향로 쪽에 쓰러진 자들도 평범한 유생이 아닐 터였다.

　그렇다면…….

　제갈공려의 눈빛이 살짝 떨렸다.

　언제고 여기에서 대치하고 있을 수는 없는 법이었다.

　다행인 것은 향로가 있는 쪽으로는 유생으로 변장한 정체 불명의 무사들이 다가오지 않는다는 점이었다.

　그때였다.

　상대 쪽에서 향로를 향해 대나무 통을 던졌다.

　휙.

　그것이 암기라 생각한 제갈공려는 검으로 대나무 통을 그었다.

　서걱.

　제갈공려의 눈이 커졌다.

　대나무 통에 담긴 것은 암기가 아니라 물이었다.

　물이 향로 위로 떨어졌다.

　스르륵.

　향에 붙은 불이 소리를 내며 꺼진다.

　치직.

　동시에 다른 괴인이 향로 쪽으로 달려들었다.

　그는 향로를 발로 걷어찼다.

　쾅!

그때였다.

갑자기 벽에 박혔던 야명주가 뭔가에 끌리듯 사라졌다.

팍. 팍.

눈 깜짝할 사이에 비밀 공간은 어둠 속에 잠겼다.

다음 권으로 이어집니다

꿈의 도약, 로크에서 하십시오
(주)로크미디어에서 신인 작가를 모십니다

즐거운 세상, 로크미디어는 꿈을 사랑하고 도전을 두려워하지 않는 작가 분들의 참신한 작품을 기다리고 있습니다. 21세기 장르 문학계를 이끌어 갈 차세대 선두 주자 (주)로크미디어에서 여러분의 나래를 활짝 펴 보시길 바랍니다.

모집 분야 판타지와 무협을 포함한 장르 문학
모집 대상 아마추어 작가, 인터넷 작가
모집 기한 수시 모집
　　작품 접수 시 유의 사항
　　　　1. 파일명은 작가명_작품명.hwp형식을 갖춰 주십시오.
　　　　1. 파일에 들어갈 내용은 다음과 같습니다.
　　　　　　− 성명(필명인 경우 실명을 밝혀 주세요), 연락처, 이메일 주소
　　　　　　− 제목, 기획 의도
　　　　　　− A4용지 1장 분량의 등장인물 소개
　　　　　　− A4용지 2장 분량의 전체 줄거리
　　　　　　− 본문
　　　　1. 작품이 인터넷에 연재되고 있다면, 게시판명과 사이트의 구체적이고 정확한 주소를 기재해 주십시오.

선택된 작품은 정식 계약 후 출판물로 간행되어 전국 서점에 유통됩니다.
작가 분은 (주)로크미디어의 전폭적인 지원하에 전속 작가로 활동하게 됩니다.
※ 자세한 내용은 로크미디어 홈페이지(rokmedia.com)를 참조하세요.

(04167)서울시 마포구 마포대로 45 일진빌딩 6층
(주)로크미디어 편집부 신간 기획 담당자 앞
전화 : 02) 3273−5135
www.rokmedia.com　　이메일 : rokmedia@empas.com